あかね淫法帖
片恋の果てに

睦月影郎

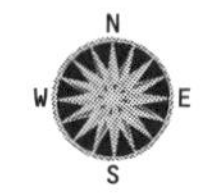

コスミック・時代文庫

この作品はコスミック文庫のために書下ろされました。

目次

第一章　想う後家と再会

一

（あれはまさか、朱里姉さん……？）

竹松は庭掃除をしながら、奥向きの廊下を行く女を見て愕然とした。

それは紛れもなく、かつて彼が里の兄貴分である市助と争って敗れた朱里ではないか。

（そうか、姫様と一緒に江戸屋敷へ来ていたか……）

竹松は思った。確かに昨秋、国許から姫が江戸に来ると聞いていたが、その頃彼は江戸家老、杉田新右衛門の命で数ヶ月の間、丹沢方面まで薬草採りに行っていたのだ。

江戸へ戻ったのは、つい先日、年が明けてからである。

では、朱里は千代姫とともに、ずっと江戸屋敷にいるということだろう。朱里の娘、茜もう十八、九になろう。あるいは母娘ともに来ているのかも知れない。

竹松の胸は妖しく騒いだ。

命がけで惚れ抜いたが彼は敗れ、朱里は市助と一緒になり茜が生まれたが、今はその市助もこの世にない。

(どんな顔で会えば良いというのか……)

竹松は思ったが、考えてみれば朱里は姫様お付きの奥向き住まい、自分は納屋で寝起きする下働きだから、そう滅多に顔を合わすこともないだろう。それでも屋敷内だから、いずれは会ってしまう。

ここは江戸神田にある、常陸国一万石の田代藩上屋敷。

元禄十四年(一七〇一)正月、竹松は江戸へ来て十年、三十五歳になり、未だ独り身だった。

小柄で寡黙な働き者だが、藩士たちからは軽く扱われている。

しかし竹松は、朱里や茜母娘と同じく、代々この田代藩に仕える素破の里の出であった。

だから時に新右衛門の密命を受けることもあるのだが、泰平続きのため素破の技で活躍するようなこともなく、藩主の頼政と新右衛門以外で彼の素性や力を知るものは他にいない。

そのため用事も、近在の見回りか薬草採りぐらいのものだった。

そういえば昨秋、竹松が不在のとき当屋敷に盗賊が入ったという噂を聞いたことはあるが大事なかったようで、あるいは江戸へ来ていた朱里が片付けたのかも知れない。

「竹、何をぼやっとしている！」

いきなり怒鳴られ、竹松が顔を上げると藩士、矢田智之進が刺し子の稽古着姿で睨んでいた。剣術自慢で、竹松より十歳下の二十五になるが、常に雑用を言いつけてきた。

竹松は声を出さず、軽く頭を下げて庭掃除を再開させた。

寡黙なことは知っているので、智之進も彼を睨み付け、軽く舌打ちして立ち去っていった。

（いや、すでに朱里姉さんは私を見て、上屋敷にいることぐらい知っているかも知れぬ……）

竹松は思った。朱里への恋に破れ、里に居たたまれなくなった彼は国許の田代藩を頼り、その伝手で江戸へ来たのだから、とうに朱里も承知のことだったに違いない。

それならば、顔を合わせたとき会釈の一つもすれば良いだけだろう。

竹松は掃いた落ち葉を集めて捨て、江戸の空を見上げた。

あちこちで子供が揚げている凧が見える。国許は雪に埋もれているだろうが、江戸は快晴。風は冷たいが雪の兆しはない。

彼はいったん納屋へ戻り、少し休憩することにした。

草履を脱いで上がると、そこに囲炉裏があり、その脇に敷きっぱなしの布団がある。

あとは掃除や修繕に使う道具が土間に詰め込まれていた。

食事は厨の隅で取るし、厠は外の小屋、たまに屋敷の風呂を借りるが、ほとんどは寒くても井戸水を浴びて済ませ、彼の荷で置かれているのは僅かな着替えの入った行李一つだった。

竹松は小さく溜息をついた。

朱里の姿を見たため、思い浮かぶのは里のことばかりである。

素破の里は、圧倒的に女が多かった。

しかし代々の素質が受け継がれているせいか、何しろ女たちは強いものばかりで、男の竹松や市助も必死にならなければ過酷な鍛錬についていけないほどであった。

中でも朱里の体術は群を抜き、彼は四歳ばかり年下だが、竹松は彼女に魅(み)せられ、朱里の面影でばかり手すさびをしていたものだ。

そして二歳上の兄貴分、市助も同様に朱里に憧(あこが)れを寄せつつ、互いに切磋琢磨(せっさたくま)してきたのである。

やがて朱里と市助が一緒になり、茜が生まれると、さすがの竹松も諦(あきら)めざるを得なかったが、江戸へ来てからも慕情は去らず、毎晩のようにかつての朱里の面影で熱い精を放っていたのだった。

素破が学ぶのは、徒手空拳術(としゅくうけん)、刀、棒、手裏剣(しゅりけん)の他に、火薬、医術、薬草、気象天文など多岐にわたる。

全ては、田代藩に役立つため徹底的に仕込まれるのだ。

とりわけ女には、淫法というものがあり、敵を色仕掛けで籠絡(ろうらく)したり、淫気の薄い主君の子作りの手助けなども行う。

だから里の女は物心つく頃から専用の張り形を使用し、挿入の痛みを克服し、あらゆる快楽の技まで学ばねばならない。

そのため里の男も身を投げ出して精を放つ仕組みを教えるのだが、実際の情交はせず、女たちはいつまでも張り形のみで生娘のままだった。

生身の男女が交わるのは夫婦になったとき、あるいは女本人が切に望んだ場合に限られる。

女系が中心である里では女の意思のみが尊重され、男の欲望は二の次であり、男はひたすら堪えることを学ばされてきたのだった。

結局、朱里は市助を選び、竹松は失意の中で手すさびに耽り、未だに無垢のままなのだった。ただ挿入はせずとも、指や舌を使って里の女を感じさせる術には長けていたのである。

そしてある出来事があって市助が死に、竹松は後家となった朱里に言い寄ることもせず、茜が七つか八つの頃に里を出た。すでに二親もなく、天涯孤独の身であった。

竹松は一年ばかり、国許の田代藩陣屋敷で働き、主君である頼政の参勤交代に従い、江戸へ出て来たのだった。

むろん江戸へ来てから今まで女を買う機会がないでもなかったが、竹松は朱里の面影で抜くばかり、そこはさすがに素破の辛抱強さと、唯一の女を思う執念と言うべきか。

新右衛門も、良い相手がいれば所帯を持てと言ってくれたが、彼はそんな気になれなかった。

ただ、さすがに朱里一人を思うばかりでなく、ここ最近親しくなった娘を思って抜くようにもなっていたのである。

その娘の足音が近づき、声がかかった。

「竹さん、そろそろ夕餉の仕度を手伝って下さいな」

鈴が転がるような軽やかな声がし、竹松も草履を履いて無言で納屋を出た。

娘、小春は彼の無口を気にすることもなく、笑窪を浮かべて一緒に屋敷の厨へ向かった。

小春は十八歳、日本橋にある梅屋という呉服問屋の一人娘で、親たちが店の箔付けのため武家屋敷に奉公させ、あとは婿を選ぶだけとなっている可憐な生娘だった。

彼女も何かと実直な竹松に懐き、彼もまた歳の離れた妹のように思っていたが、日に日に胸や尻が丸みを帯び大人びてくると、言いようのない淫気が湧いてしまい、今では朱里と交互に妄想するようになってしまった。

「うちの梅屋と、竹松さんを合わせると松竹梅ね」

出逢った頃、小春はそんなことを言って楽しげに笑い、彼女の奉公も間もなく半年になる。

やがて厨に行くと、いつもの通り女中たちが飯を炊き汁物を作り、魚や野菜を切って大童だった。

小春が自分の仕事に戻っていくと、竹松も手伝って包丁を手に野菜を切り、甲斐甲斐しく夕餉の仕度に加わった。

と、笊に入れた野菜を女中に手渡し、目が合うと、何とそれが茜であった。

さすがに整った目鼻立ちが、若い頃の朱里に良く似ている。

（う……）

息を呑むと、茜もじっと彼の目を見つめ、小さく頷きかけると笊を持って持ち場へと戻っていったのだった。

どうやら茜は、やはり竹松が江戸屋敷にいることを承知しており、自分のように素性を隠し、女中たちに混じって働いているようである。

竹松は仕事に戻りながら茜の姿を見ては、大きくなったと感慨に耽った。

小春より一つ上ぐらいだろうが、さすがに初々しい小春とは違い、すでに男を知ったか匂うような艶やかさが醸し出されている。

（いったいどんな男が茜の初物を……）

竹松は嫉妬混じりに思い、それでも手の動きが止まることなく、素早く大根を刻んでいったのだった。

二

（すでに茜も、男を知ってしまったか……）

夕餉と水浴びを終え、納屋に戻ってきた竹松は布団に胡座をかいて再度思った。

竹松は挿入も未経験の無垢ではあるが、淫法修行のため淫気だけは強く、夜毎に二度三度と手すさびしないと落ち着かないのである。

だから今宵は、再会したばかりの朱里と茜の母娘を妄想して抜こうと思っていたのだ。

すると足音が近づき、戸の外から声がかかった。

「竹松さん、入りますよ」

可憐な声がし、何と当の茜が入って来たのである。

「あ、茜……」

竹松は身を強(こわ)ばらせ、草履を脱いで上がり込む茜を見つめた。

矢絣(やがすり)の着物に赤い帯、島田(しまだ)に結って正に若き頃の朱里のようだ。

彼女は囲炉裏の脇に端座(たんざ)し、恭(うやうや)しく頭を下げた。

「お久しぶりです。竹松さん」

「ああ、実に大きくなった。元気そうだな……」

言われて彼も答えた。言葉を交わすなど、竹松が里を出る前、すでに十数年が経っている。

「もう江戸屋敷にずっと？」

「ああ、十年になるが、朱里姉さんも私のことは」

「ええ、知ってます。近々ゆっくりお話しすると良いです」

茜が答え、竹松は久々に人と話して胸が弾んだ。

そして茜は、真剣な眼差(まなざ)しで彼を見つめて言った。

「私は、父の死がどのようなものだったか知りたいのです」

「それは、山賊（さんぞく）たちとの戦いの中で」

「それは聞いてますが、竹松さんはずっと父の近くにいたのでしょう」

「朱里姉さんも知っているはずだ。もし細かに知りたいのなら、いずれ三人で話すときもあろう」

竹松は、話を切り替えるように腕組みを解いた。

「それより、茜の最初はどんな男だったのだ」

聞くと、茜も淫法使いの一人だから嫌そうな顔もしなかった。

「やはり分かりますか。一人だけです。お国許の藩士」

「そうか、その藩士は今は？」

「国家老のお嬢様と所帯を持ちました」

「なに、風見（かざみ）様の？　ではあのお転婆（てんば）か」

竹松が言うと、茜も表情を和らげてクスリと笑った。

「はい、剣術も弱く身寄りのない若侍でしたが、今は立派なお役職に就（つ）いております」

「なるほど、惚れ込んで相当に茜が陰で手助けしたか……」

竹松は言いながら、痛いほど股間が突っ張ってきてしまった。

何しろ、この納屋に女が入ったのは初めてのことだ。比較的親しい小春でさえまだ中にまで入ったことはない。

しかも素破の嗅覚が、次第に立ち籠める娘の匂いを察知し、その刺激が鼻腔（びこう）から一物（いちもつ）に妖しく伝わってくるのである。

茜はまだ入浴していないだろう。

「それで竹松さんは、まだ？」

「ああ、無垢のままだ。里で女たちの指でいかされ、陰戸（ほと）を舐めていかし、淫法の鍛錬以来女に触れていない」

「ではまさか、まだ母のことを？」

茜がつぶらな瞳で語りかけてくる。竹松が朱里に思い焦（こ）がれていたことは、茜でさえ知っているようだ。

「いや……、所帯を持つ気になれぬだけだ」

「でも、年中ここで放っているようですね」

茜が悪戯（いたずら）っぽく笑って言う。やはり彼女もまた淫法の手練（てだ）れだけに、籠もる精汁の匂いが分かるのだろう。

「淫法使いに嘘はつけぬな。これからしようとしていたところだ」

竹松も苦笑して答え、もう遠慮なく勃起してしまった。

茜なら、あるいは指でしてくれるかも知れぬし、一人でするよりもずっと良い。

「いいですよ。里の男と交わるのは初めてだし」

茜が言い、立ち上がるといきなり帯を解きはじめたではないか。

「い、いいのか。すぐ朱里姉さんに知られるぞ……」

「構いません。思う男と交わって願いを叶えたのだから、あとは私を抱きたいと思う男としてみたいだけ。それに竹松さんは、里では私が幼い頃から面倒を見てくれ、懐いていた頃が懐かしいです」

茜は、シュルシュルと帯を解いて落とし、ためらいなく着物も脱ぎはじめた。

竹松も淫気を全開にし、立ち上がって帯を解くと、手早く着物と下帯まで脱ぎ去り、たちまち全裸になってしまった。

茜も一糸まとわぬ姿になり、布団に仰向けになった。

灯りは、チロチロ燃える囲炉裏の火だけだが、互いに夜目は利く。

竹松は、身を投げ出した茜の肢体を見下ろした。

(何と、美しい……)

色白で滑らかな肌に、虚仮威しの筋肉などは見えず、形良い乳房が息づき、スラリとした脚もしなやかだった。

恐らく、朱里に負けぬほどの体術を身に付けているのだろう。

この美しい娘が、あの憧れの朱里の体内から出てきたのだ。

胤(たね)は兄貴分の市助だが、今の竹松は朱里に似た茜に心を奪われていた。

吸い寄せられるように屈(かが)み込み、まずは薄桃色の乳首にチュッと吸い付き、舌で転がしながら顔中で膨(ふく)らみの感触を味わった。

もう片方の乳首にも指を這わせると、

「あう……」

目を閉じた茜が小さく呻(うめ)き、ビクリと反応した。

やはり男を知ると、相当に感度も研ぎ澄まされるようだ。

もう片方の乳首も含んで舐め回し、茜の肌が次第に火照(ほて)りはじめると、彼は腋(わき)の下にも鼻を埋(うず)め込んで嗅(か)いだ。

和毛(にこげ)が生ぬるく湿り、隅々には濃厚に甘ったるい汗の匂いが籠もって鼻腔を掻き回してきた。

そう、里の娘たちの体臭である。

年中過酷な鍛錬に明け暮れていた娘たちは、常にこの匂いをさせていた。素破が体の全ての匂いを消すのは、敵陣に向かうときだけである。

竹松は茜の体臭で胸をいっぱいに満たすと、そのまま脇腹を舐め下り、体の真ん中に移動して臍を探り、下腹の弾力を味わってから、腰から脚を舐め下りていった。

滑らかな脚をたどって足首まで下りると、足裏に回り込んで舌を這わせ、揃った足指の間に鼻を割り込ませ、蒸れた匂いを貪った。

むろん淫法は、様々な性癖に対応する訓練をしているから、どんな行為でも拒むことはしない。

竹松は茜の足の匂いで鼻腔を満たしてから、爪先にしゃぶり付いて指の股に舌を潜り込ませ、汗と脂の湿り気を味わった。

「く……」

茜が小さく呻き、彼の口の中で指を縮めた。

やはり里を出て数年、ごく普通の男と交わり、さらに国許から江戸で過ごすうち世間並みの娘のような反応を示すようになっているのだろう。

彼は両足とも、全ての指の間を味わってから、茜をうつ伏せにさせた。

そして踵から脹ら脛、ヒカガミから太腿を舐め上げ、尻の丸みから腰、滑らかな背中を舌でたどっていった。

「アアッ……」

茜が顔を伏せて喘いだ。やはり背中は感じるのだろうし、まして若侍と違い、淫法を修行した男の舌遣いでは、とてもじっとしていられないだろう。

舐めているうち感じる部分があれば、そこを集中的に愛撫し、ときに触れるか触れないかという微妙な舌遣いをした。

背中は淡い汗の味がし、肩まで行って髪を嗅ぎ、耳の裏側の湿り気も嗅いで舐め回した。

再び背中を舐め下り、尻に戻ってくるとうつ伏せのまま股を開かせ、尻に顔を迫らせた。指で谷間を広げると、ひっそりと薄桃色の蕾が閉じられ、彼は鼻を埋め込むと顔中で双丘の弾力を味わった。

蕾には蒸れた匂いが沁み付いて鼻腔が刺激され、彼は充分に嗅いでから舌を這い回らせた。細かに息づく襞を濡らし、ヌルッと潜り込ませ、滑らかな粘膜を探ると、

「あう……」

茜が呻き、キュッと肛門できつく舌先を締め付けてきた。

竹松は中で舌を蠢かせ、心ゆくまで味わってから顔を上げた。

再び茜を仰向けにさせ、片方の脚をくぐって股間に顔を迫らせた。

白くムッチリした内腿を舐め上げて陰戸を見ると、ぷっくりした丘に楚々とした若草が煙り、はみ出した花びらがネットリとした大量の蜜にヌラヌラと潤っていた。

指で陰唇を広げると、中はさらに熱い淫水にまみれた柔肉で、可憐な膣口も妖しく息づいている。光沢あるオサネもツンと突き立ち、もう堪らずに彼は股間に顔を埋め込んでいった。

三

「アアッ……、いい気持ち……」

竹松が舌を這わせはじめると、茜がビクッと顔を仰け反らせて喘ぎ、内腿でキュッと彼の両頬を挟み付けてきた。

恥毛に鼻を擦りつけて嗅ぐと、隅々には生ぬるく蒸れた汗とゆばりの匂いが沁み付いて鼻腔を掻き回し、溢れる淫水は淡い酸味を含んで彼の舌の蠢きを滑らかにさせた。

　膣口の襞をクチュクチュ掻き回し、ヌメリを味わいながらゆっくりオサネまで舐め上げていくと、

「アアッ……、いい……！」

　茜が身を弓なりに反らせて喘ぎ、内腿に力を込めた。

　チロチロと執拗にオサネを舐め、淫水の量が増すとすすり、次第に茜の身悶えが激しくなっていった。

　舐めながら見上げると、白い下腹がヒクヒクと波打ち、乳房の間から仰け反る顔が見えた。

「も、もうダメ。いきそう……」

　茜が声を上ずらせて言い、とうとう絶頂寸前で身を起こしてきた。

　今度は愛撫をする側に回ってくれるのだろう。

　竹松も股間から離れて添い寝していくと、茜が入れ替わりに身を起こして移動していった。

　彼が仰向けの大股開きになると、茜も真ん中に腹這い、股間に顔を寄せた。

　すると彼女は竹松の両脚を浮かせ、尻の谷間から舐め始めてくれたのだ。

全て里で体験していることだから、彼女も厭うことなく愛撫を開始した。

熱い鼻息にふぐりをくすぐられ、チロチロと滑らかに蠢く舌がヌルッと潜り込んでくると、

「く……」

竹松は快感に喘ぎ、肛門でモグモグと味わうように茜の舌先を締め付けた。

茜も内部で舌を蠢かせ、出し入れさせるようにクチュクチュと動かしてから、ようやく脚を下ろして舌を離した。

そしてふぐりにしゃぶり付き、二つの睾丸を舌で転がし、股間に熱い息を籠もらせながら袋全体を生温かな唾液にまみれさせてくれた。

いよいよ茜が顔を進め、肉棒の裏側をゆっくり舐め上げてきた。

滑らかな舌先が先端まで来ると、彼女は幹を指で支え、粘液の滲む鈴口を舌で探り、張り詰めた亀頭をくわえた。

そのままスッポリと喉の奥まで呑み込まれると、薄寒い納屋の中で、唯一快感の中心部だけが温かく心地よい口腔に包まれた。

熱い鼻息が恥毛をそよがせ、茜は幹を丸く締め付けて吸い、口の中ではクチュクチュと満遍なく舌をからませてきた。

たちまち彼自身は清らかな唾液に生温かくまみれ、急激に絶頂が迫ってきたが堪える技にも長けている。

里では、どれほどの愛撫で男が果てるかも鍛錬しているので、竹松が未経験なのは挿入だけなのだ。

快感に任せ、ズンズンと股間を突き上げると、

「ンン……」

喉の奥を突かれた茜が小さく呻き、新たな唾液をたっぷり溢れさせてきた。

心地よい摩擦と吸引に充分高まると、

「い、入れたい……」

竹松は息を詰めて言った。すぐに茜がチュパッと音を立てて口を離すと、

「私が上から?」

仰向けのままの彼に訊いた。

竹松が頷くと、彼女もすぐに身を起こして前進し、股間に跨がってきた。

唾液にまみれた先端に濡れた陰戸を押し当て、彼女は何度か擦りつけてから位置を定めると、息を詰めてゆっくり腰を沈み込ませていった。

張り詰めた亀頭が潜り込むと、あとは潤いと重みでヌルヌルッと滑らかに根元

まで呑み込まれてしまった。

三十代半ばにして、とうとう陰戸に挿入することが出来たのだ。

竹松は肉襞の摩擦と潤い、熱いほどの温もりと締め付けに包まれながら感慨に耽った。

「アアッ……！」

茜も顔を仰け反らせて熱く喘ぎ、完全に座り込むと、ピッタリと股間を密着させた。

彼の胸に両手を突っ張って上体を反らせ、何度かグリグリと股間を擦りつけてから、やがて茜は身を重ねてきた。

竹松も両手を回して抱き留め、両膝を立てて弾力ある尻を支えた。

まだ動かず、女と一つになった感激を嚙み締めながら、彼は茜の顔を抱き寄せて下から唇を重ねた。

心地よく密着する唇の弾力と唾液の湿り気を味わいつつ、舌を挿し入れて滑らかな歯並びを左右にたどると、すぐ彼女も歯を開いて舌を触れ合わせてきた。

茜の舌はチロチロと滑らかに蠢き、彼は熱い息で鼻腔を湿らせながら、生温かな唾液と舌の感触に酔いしれた。

舌をからませていると、もう我慢できずズンズンと股間を突き上げはじめ、

「アア、いい気持ち……」

茜が口を離して喘ぎ、合わせて腰を遣った。

すぐにも互いの動きが一致し、股間をぶつけ合うほど激しくなると、クチュクチュと湿った摩擦音が聞こえてきた。

彼女の喘ぐ口に鼻を押し込んで嗅ぐと、熱く湿り気ある息が鼻腔を掻き回し、甘酸っぱい濃厚な果実臭が胸に沁み込んできた。やはり、すっかり馴染んでいる里の果実の匂いである。

大量に溢れてくる淫水がふぐりの脇を伝い流れ、彼の肛門の方まで生温かく濡らしてきた。

何という快感であろう。彼は、これが情交なのだと思った。

やはり一人でする手すさびとは段違いで、しかも女と一つになっているという状況が心身を満たしてくれた。

これなら、全ての男は夢中になり、女のために争い、城が傾くのも納得でき、だからこそ淫法という術が必要だったのだろう。

「唾を……」

せがむと、茜も唾液を分泌させ、たっぷりと吐き出してくれた。

愛らしい唇がすぼまり、白っぽく小泡の多い粘液が垂らされると舌に受けて味わい、うっとりと喉を潤して酔いしれた。

「舐めて……」

さらに言って鼻を押しつけると、茜も厭わずヌラヌラと舌を這わせてくれ、彼の鼻の穴まで温かな唾液にまみれさせてくれた。

突き上げを強めると、膣内の収縮と潤いが増し、彼は全身まで吸い込まれるような快感に包まれた。

そして甘酸っぱい吐息で鼻腔を満たし、心地よい肉襞の摩擦に、とうとう竹松は昇り詰めてしまった。

「く……！」

突き上がる絶頂の快感に呻くと同時に、熱い大量の精汁がドクンドクンと勢いよくほとばしった。

「あ、熱いわ、いく……。アアーッ……！」

噴出を奥深い部分に感じた途端、茜も声を震わせて喘ぎ、ガクガクと狂おしい痙攣（けいれん）を開始して気を遣（や）ってしまった。

収縮が最高潮になり、竹松は快感を噛み締めながら股間を突き上げ、心置きなく最後の一滴まで出し尽くしていった。

やはり女の中に出すのは良い。

もし孕(はら)んだら、朱里やあの世の市助はどう思うことだろうか。それでも、孕むかどうかは神が決めることだ。

すっかり満足しながら彼が徐々に突き上げを弱めていくと、

「アア……」

茜も声を洩らし、肌の硬直を解きながらグッタリともたれかかってきた。

やがて互いの動きが完全に止まっても、まだ膣内はキュッキュッと息づくような収縮が繰り返され、内部で過敏になっている一物が刺激でヒクヒクと跳ね上がった。

「あう……」

するとやはり敏感になっている茜が呻き、幹の震えを抑え付けるようにキュッときつく締め上げてきた。

竹松はようやく経験できた感激の中、茜の吐き出す甘酸っぱい息を胸いっぱいに嗅ぎながら、うっとりと快感の余韻に浸り込んでいった。

（ああ、とうとうしてしまった。しかも朱里姉さんの娘と……）

竹松が心の中で思うと、

「とうとうしちゃったわ。父の弟分と……」

茜も同じような思いを口にし、完全に力を抜いて身体を預けてきた。

彼は、茜が後悔している様子もないので安心し、今後とも是非またさせてもらおうと思ったのだった。

四

（え？　誰だ、こんな刻限に……）

竹松は、ふと足を止めて耳を澄ませた。

夜半、身繕い（みづくろ）をした茜が納屋を出てゆき、屋敷に戻っていったのを見送り、彼は井戸端で身体を洗い、戻ろうとしたときに裏の方から囁き（ささや）声が聞こえてきたのである。

「殿様の江戸入りに合わせ、国許から大金が運ばれてくるだろう。それを頂いて西国（さいごく）へでも行くんだ。あんただって武士になんか未練はあるめえ。どうせ卯建（うだつ）の上がらん無役なら、金を手に面白おかしく生きた方が良かろう」

そんな声が裏門の方から聞こえた。

忍び足で行ってみると、最近になって屋敷に出入りしている両替商で、四十になる喜兵衛（きへえ）である。

話している相手は、藩士の智之進ではないか。

町人が、年下とはいえ武士の智之進にぞんざいな口をきいている。

どうやら悪事の誘いをしているようだ。

（只者（ただもの）ではないな……）

竹松は息を殺し、喜兵衛の様子を見た。前から油断ならない目つきをし、仕草も隙がないと思っていたが、どうやら商人というのは世をくらます仮の姿で、実際は盗賊の頭目あたりというところか。

凄味（すごみ）のある顔つきで、剣術自慢の智之進も貫禄負けしたように、神妙に頷くばかりである。

前から、何かと智之進は喜兵衛の接待を受け、酒や女を振る舞われていたようだ。しかも智之進は三男坊で養子の口もなく、兄たちにも虐（しいた）げられ、藩士として不満を抱いていたので剣術に熱中していたが、その腕も竹松から見て大したことはない。

そんな智之進が、喜兵衛に付け込まれたのだろう。

「ああ、分かった」

「じゃまた日取りは追って報せる」

智之進が頷くと、喜兵衛はそう答え、裏門から出ていった。智之進も内側から閂を掛け、すぐ侍長屋へと向かった。

すでに竹松は、音もなく納屋へと戻っていた。

藩に大事が起きるなら黙っていられないが、まだ猶予はありそうだ。何しろ主君である頼政が江戸へ来るのは四、五日後である。

それまで、それとなく智之進の様子を注意し、いざとなれば新右衛門に報告すれば良いだろう。

それよりも、今は茜との余韻を味わいたかった。

竹松は、まだまだ淫気は有り余っているので、初体験を思い出して手すさびしたいとも思ったが、せっかく茜と交わったのだからと、今夜はその思いを胸に眠ることにしたのだった……。

——翌朝、いつものように彼は日の出前に起きて井戸端で顔を洗い口を漱ぎ、厨で朝餉の仕度を手伝った。茜もいたが、むろん何事もなかったように仕事をしている。

竹松が屋敷内に入れるのは、この厨とたまの湯殿だけだ。

屋敷内の掃除などは主に女たちが行い、彼は外回り、庭掃除や薪割り、破損した場所の修繕などに限られる。

ところが今日は朝餉のあと、何と竹松は姫や女たちの寝起きする奥向きに呼ばれたのである。

納屋へ伝えに来たのは茜だった。

(まさか、朱里姉さんと会うのか……)

竹松は端折っていた裾を降ろして袴を穿き、羽織を出した。一応は揃えているが、着るのは実に久しぶりのことである。

茜について彼が厨から奥へと進むと、

「この奥です。では私はこれで」

彼女が言って途中で別れた。

言われた襖の前に膝を突き、

「竹松、参りました」

「はい、どうぞ」

声を掛けると朱里のものらしき応えがあり、彼は深呼吸して緊張を抑えてから恭しく襖を開けて頭を下げた。

「私だけです。どうか気を楽に」

恐る恐る目を上げると、絢爛(けんらん)たる着物姿の女、紛れもない朱里が言って彼を招き入れた。

竹松も入って襖を閉め、あらためて朱里に平伏した。

「お久しゅうございます」

「ええ、前から何度か庭で見かけたのですが、話すのは今日が初めてとなりました。息災そうで何より。さあ、顔を上げて」

言われて顔を上げると、三十九になった朱里が笑みを含んで彼を見ている。

すでに朱里は、昨夜彼が茜と交わったことぐらい見抜いているだろう。

「もう十何年になりましょうか。いいえ、思い出話は良いのです。姫様の気鬱(きうつ)を相談したくて」

「千代姫様の……？」

竹松は、朱里の意外な用向きに小首を傾(かし)げた。

「ええ、実は姫様は生娘ではなく、初物を奪ったのは、国許にいる虎太郎(こたろう)という藩士です。そう、茜の最初の男でもありました」

「さ、左様で……」

「姫様は、虎太郎への慕情は消え失せたようですが、覚えた愉悦は心身に深く刻まれ、それゆえ婿取りの話はとんと進みません。恐らく姫様は、堅苦しい大名との情交は気が進まぬようです」

「はあ、それで私は何を……」

「姫様の気鬱を治すのは男でないとなりません。しかも、並の男では駄目なので淫法を知っているそなたにと」

「私が姫様と……？」

「大きな快楽を与え、大名家の婿を取ってもたまに慰めるからと約束し、納得して頂きます」

「そんな……」

竹松は驚いたが、元より逆らうことなどは考えられない。

しかも、千代が無事に婿を取るためとなれば、同時にお家のためなのである。

「こちらへ」

朱里が立って次の間へ行き、彼が従うとそこには床が敷き延べられていた。

「さあ、脱いで。念のため体を調べます」

「は、はあ……」

言われて、竹松も頷くと素直に紐(ひも)を解いて袴を脱ぎ、羽織と着物も脱ぎ去ってしまった。そして下帯も解いて全裸になったが、朱里の方は着衣のまま布団の脇に端座していた。

そろそろと彼が仰向けになると、朱里と十数年ぶりに会った感激と言いようのない淫気にムクムクと勃起してきてしまった。

朱里はそれに気づいたろうが、構わず身を乗り出し、彼の頬や首、胸や腕に触れてきた。

里での淫法修行は、朱里を相手にしたことはなかったため、こうして触れられるのは初めてだった。

「逞(たくま)しいままですね」

「いえ、江戸屋敷で旨(うま)いものばかり戴き、かなり鈍(なま)っております……」

竹松が答えると、朱里は彼の口の中や歯の様子まで診(み)てから、彼をうつ伏せにさせ、背中や脇腹、尻から脚まで撫で回していった。病や出来物、その他の異常がないか順々に診て、尻の谷間まで広げられた。

再び仰向けにされると、彼女は一物に迫ってきた。

「何と元気な……。虎太郎殿よりやや大きい」

朱里が、熱い視線を注いで言う。

してみると虎太郎とやらは、茜や千代姫のみならず、この朱里とも交わっていたようだ。

竹松は嫉妬よりも、それなら自分も朱里と出来るのではないかという期待を抱いてしまった。

すでに狂おしい慕情より、激しい淫気が彼を包んでいた。

朱里は幹に触れて撫で回し、張り詰めた亀頭も探ると、ふぐりを手のひらに包み込んで二つの睾丸をコリコリと動かした。

「手すさびで放つのは、どれぐらい？」

「日に、二度か三度です……」

「そう、我慢も利くかどうか試しますよ」

言うなり朱里は幹を握ってしごきはじめ、屈み込むとチロチロと鈴口を舐め回し、さらに亀頭をしゃぶると、そのままスッポリと喉の奥まで呑み込んできたのだった。

深々と含むと頰をすぼめて強く吸い付き、熱い鼻息が股間に籠もり、口の中ではクチュクチュと舌がからみついた。

それは、茜より強烈な愛撫であった。

五

「アア……。しゅ、朱里姉さん……」

竹松は腰をよじって快感に喘いだ。まるで全身が朱里に含まれ、唾液にまみれ舌で転がされているようだ。

もちろん我慢が試されているのだから、放つわけにはいかない。

朱里も容赦なく、顔を小刻みに上下させ濡れた口でスポスポと摩擦し、指先はサワサワとふぐりをいじっている。

吸引と摩擦、唾液のヌメリに舌と指の愛撫で、彼は何度も危うくなったが、幸か不幸か市助のことを思い出すと暴発が堪えられた。

何とか我慢していると、ようやく朱里がスポンと口を離して顔を上げた。

「さすがに良く堪えました。では放って構いません」

「しゅ、朱里姉さんに入れたいです……」

「いいえ、放つところを見なければならないので」

「そ、それならばせめて陰戸を舐めるだけでも……」

必死に懇願すると、朱里は立ち上がった。

「大事を頼むのですから、それぐらいなら」

「あ、足も少しだけ……」

「いいでしょう」

彼女は言い、白足袋を脱ぎ去ると、竹松の顔の横に立ち、まず片方の足を浮かせて足裏を顔に乗せてくれた。身体の重みを掛けぬようにしながらも、よろけもせず壁に手を突くこともなかった。

竹松は顔中で憧れの美女の足裏を感じ、舌を這わせながら形良く揃った指の間に鼻を押しつけた。

そこは生ぬるい汗と脂に湿り、蒸れた匂いが濃く沁み付いていた。

彼は鼻腔を刺激されながら歓喜に幹をヒクつかせ、足を交代してもらって爪先をしゃぶり、新鮮な味と匂いを貪った。

「さ、もう良いでしょう」

朱里は言うと脚を下ろし、裾をからげて仰向けの彼の顔に跨がってきた。

そしてためらいなく、厠に入ったようにゆっくりとしゃがみ込んでくれたのである。

色白の脚がムッチリと量感を増し、熟れた陰戸が彼の鼻先に迫ってきた。

彼の顔中を熱気と湿り気が覆い、ふっくらした丘には黒々と艶のある茂みが密集していた。

肉づきが良く丸みを帯びた割れ目からは桃色の花びらがはみ出し、そっと指で左右に広げると、かつて茜が生まれ出てきた膣口が、花弁のように襞を入り組ませて息づいている。

小指の先ほどもあるオサネも光沢を放って突き立ち、もう堪らず彼は朱里の腰を抱き寄せて、茂みに鼻を埋め込んでいった。

隅々には、やはり蒸れた汗とゆばりの匂いが沁み付いて鼻腔が掻き回され、舌を這わせると、あまり濡れていないが柔肉が迎えてくれた。

膣口の襞をクチュクチュ探り、オサネまで舐め上げていくと、微かに朱里の内腿がピクリと反応した。

何とか濡らそうと必死に舌を這わせたが、ここで淫法を競い合っても仕方がない。朱里が声すら洩らさないので諦め、彼は白く豊満な尻の真下に潜り込んでいった。

顔中に弾力ある双丘を受け止め、谷間に閉じられた薄桃色の蕾に鼻を埋めて蒸れた匂いを貪り、舌を這わせてヌルッと潜り込ませた。

淡く甘苦い、滑らかな粘膜を探っていたが、結局味と匂いを堪能しただけで朱里は腰を上げてしまった。

「さあ、どのように出しますか」

彼女が言うので竹松は半身を起こし、後ろに彼女に座ってもらい、回した手で一物をしごいてもらった。

竹松は朱里の胸に寄りかかり、肩越しに甘い息を感じながら高まっていった。

「動きは、このようで構いませんか」

朱里が一物を覗(のぞ)き込みながら耳元で囁く。右手で幹を上下にしごき、左手の指はふぐりをいじっていた。

竹松が振り返ると、すぐそこに朱里の顔があり、口からは白粉花(おしろいばな)のような刺激を含んだ熱い息が洩れていた。

唇を求めると、彼女も厭わず重ねてくれ、ネットリと舌をからませながら指の愛撫を続けた。彼は生温かく清らかな唾液を味わい、滑らかな舌の蠢きに酔いしれた。

もちろん、これほど間近に朱里の顔を見るのは生まれて初めてである。

「い、いきそう……」

口を離して言うと、朱里も肩越しに一物を見下ろしながら指の動きを速めた。

そして竹松は、背後から密着する朱里の甘い白粉臭の吐息を嗅ぎながら、とうとう手のひらの中で昇り詰めてしまった。

「いく……。ああッ、気持ちいい……！」

快感に身悶えながら口走り、ありったけの熱い精汁がドクンドクンと勢いよくほとばしった。

「アア……」

竹松は喘ぎ、朱里に見守られながら、脈打つように飛んで弧を描く精汁を心置きなく出し尽くしていった。

それは布団をはみ出し、畳の上にまで飛び散っていた。

ようやく出なくなると、徐々に朱里の指の動きも和らいで、やがて背後から離れるとそっと彼を仰向けに戻した。

彼女は懐紙(かいし)で指を拭(ぬぐ)い、布団や畳を拭き、さらに屈み込んで、まだ雫(しずく)を宿す鈴口にもチロリと舌を這わせてきた。

「あう……」

竹松は駄目押しの快感に呻き、そのままうっとりと余韻に浸った。

「勢いも量も、味も全て支障ないようですね。実に健(すこ)やかな体です」

朱里が言い、健康体のお墨付きをくれた。

「では夕餉のあと、身を清めてからこの部屋へ。姫様の寝所には私が案内しますので」

「しょ、承知しました」

慌てて起きようとすると、

「構いません。少し休んでいなさい。今宵のために」

朱里が言って立ち上がり、裾を治すと拭いた懐紙を持って静かに部屋を出て行った。

(ああ……)

足音が遠ざかっていくと、竹松は横になったまま力を抜いた。

昨夜は茜と初の情交をし、今日はその母親である憧れの朱里の指で果てさせてもらったのだ。しかも足や股間の前後まで舐めさせてくれ、この分ならやがて情交もさせてくれるに違いない。

大いに期待は膨らむが、それには、まず千代姫の相手を務めなければならないのだ。

千代に快楽を与えるだけなら朱里でも出来るが、やはり姫は挿入を望んでいるのだろう。それだけ、母娘の助けを借りた虎太郎は、大いなる快楽を姫に与えていたようだ。

ようやく呼吸を整えると竹松は身を起こし、身繕いをして部屋を出た。

そして厨から外へ出ると、

「何だ、羽織袴など着けて！」

智之進が声を荒らげて言った。

見ると、剣術の稽古を終えたところか、庭の隅では多くの藩士が息を切らして座り込んでいる。

智之進一人、まだ暴れ足りないようだ。

竹松は軽く会釈だけして納屋に向かおうとしたが、

「返事ぐらいしろ！」

いきなり袋竹刀で打ちかかってきたのだ。

それをスイと躱し、なおも歩くと、

「おのれ、愚弄するか！」

智之進は続けざまに得物を振るってきた。

それらも竹松が悉く間一髪の間合いで避けると、藩士たちも目を丸くして見ていた。

「き、貴様……。のらくらと動きやがって……」

智之進は呻き、全力で撃ちかかる構えを見せた。

「待て、矢田」

と、そこへ声がかかったのだ。

見れば江戸家老の新右衛門が出てきたではないか。

「ご、ご家老……」

智之進が慌てて膝を突くと、他の藩士たちも居住まいを正した。

「竹松は奥向きで大切なお役目に就いた。怪我をさせることは相成らん。掃除と薪割りはお前たちでやれ」

「な、何と、お役目……？」

智之進は目を丸くし、呆然と新右衛門と竹松を見た。

竹松は家老に一礼し、静かに納屋へと戻っていった。

第二章　姫君の熱き蜜汁

一

（さあ、では出向くとするか……）

夕餉を済ませた竹松は、歯磨きと水浴びを終えて身体を拭き、再び羽織袴姿になって納屋を出た。

昼間の庭仕事は、新右衛門の命で若い藩士たちがしてくれたので充分に休むことが出来、体調も淫気も上々であった。

そして厨から屋敷に入ると、廊下を進んで昼間朱里と会った部屋を訪ねた。

すぐに朱里が出て来て、さらに奥にある千代姫の寝所へ案内してくれた。

襖を開けて入ると膝を突き、朱里が奥に向かって言った。

「竹松を連れて参りました」

「左様か、朱里はもう良い。では竹松、近う」

千代の答えがあったので、朱里は立ち上がり、

「では、よろしく」

そう囁いて寝所を出ていった。入った竹松は平伏し、

「朱里と同郷の竹松にございます」

恭しく言って目を上げると、すでに敷き延べられた布団に寝巻姿の千代が座っていた。

気鬱で伏せっていたのか髪は結わずに長く垂らし、白い着物に黒髪が鮮やかに映えていた。そして寝所の中には、姫の生ぬるく甘ったるい体臭が艶めかしく立ち籠めていた。

さすがに気品のある美形である。

目元が涼やかで愛らしい口は小さめ、色白の頰が期待と興奮によるものか、桃の実のようにほんのり紅潮していた。

「国許にいたなら、虎太郎を知っているか」

「いえ、入れ違いだったので存じませんが、お話は伺っております」

「左様か。私は虎太郎しか知らぬ。どうか私の淫気を鎮めてほしいが」

千代が言う。

竹松は、色男でも醜男でもなく平凡な顔立ちだが、淫気に突き動かされている千代は一目で気に入ってくれたようだ。

むろん朱里や茜の手助けがあったにしろ、虎太郎は普通の男だ。それに比べれば淫法を知る自分の方に姫は夢中になるだろう。まして虎太郎への恋心は、恐らく朱里の暗示により消え失せているはずである。

「承知仕りました」

「では……」

千代は頷き、すぐにも帯を解いて寝巻を脱ぎ去って行った。

「さあ、そなたも脱いで」

「はい」

言われて竹松も羽織袴を脱いで手早くたたみ、着物と下帯まで脱ぎ去り、たちまち全裸になってしまった。もちろん彼自身は、大いなる淫気でピンピンに突き立っていた。

やはり朱里と再会したことが、全ての幸運の切っ掛けだったのだろう。

茜と情交の初体験をし、そして今宵はあろうことか姫君と交わるのである。

素破の忠誠心は、藩士とは微妙に異なる。身命を賭すことに変わりはないが、畏れ多さ以上に命に従うことが第一であり、姫に望まれればその力で存分に感じさせなければならない。

ただ挿入して孕ませれば良いという殿様とは違い、どんな技法を駆使してでも満足させ、ときに一物をしゃぶってもらうことも躊躇いがないのだ。

そして千代は、何より快楽を求めているのである。

一糸まとわぬ姿になった千代が、優雅な仕草でゆっくりと布団に横たわり、白い肢体を投げ出した。

竹松もにじり寄って見下ろし、傷一つない玉のような肌を観察した。

乳房は形良い膨らみを見せているが、さすがに茜より手足は細く、それでも腰や太腿は肉づきが良かった。

入浴はしていないだろう。大名屋敷とはいえ江戸では火災を恐れ、風呂を焚くのは三日に一度ほどである。

竹松は、まず千代の華奢な足裏に屈み込んでいった。

足裏に舌を這わせ、細い足指に鼻を押しつけて嗅ぐと、控えめだが蒸れた匂いが沁み付いていた。

鼻腔を刺激されながら匂いを貪り、爪先にしゃぶり付いて指の股に舌を割り込ませると、汗と脂の湿り気が感じられた。

「アアッ……」

千代がか細い喘ぎ声を洩らし、ビクリと足を震わせた。

久々の男に触れられ、早くも火が点いたのかも知れない。虎太郎は昨秋国許へ帰ったのだから、最後に触れられてから三月は経っていよう。

竹松は全ての指の股を味わい、もう片方の爪先の味と匂いも貪り尽くしてしまった。

千代は、もう少しもじっとしていられないようにクネクネと身悶え、息も熱く弾みはじめていた。

彼は姫を大股開きにさせ、脚の内側を舐め上げていった。

ムッチリと張りがあり、きめ細かな内腿を舌でたどり、股間に顔を寄せていくと熱気と湿り気が満ち、見るとはみ出した花びらはヌラヌラと熱い蜜汁に潤っていた。ぷっくりした丘には楚々とした若草が恥ずかしげに煙り、竹松が陰戸に迫って指で割れ目を広げると、すでに快楽を知っているであろう膣口が濡れて息づいていた。

ポツンとした小さな尿口の小穴もはっきり確認でき、いかに姫君でも普通に小用を足すことが分かった。包皮の下からは小粒のオサネが光沢を放ち、愛撫を待つようにツンと突き立っている。

もう堪らずに竹松は、吸い寄せられるように顔を埋め込んでいった。

淡い茂みに鼻を擦りつけて嗅ぐと、隅々にはやはり蒸れた汗とゆばりの匂いが馥郁と籠もり、悩ましく鼻腔を掻き回してきた。

やはり茜の野趣溢れる匂いと違い、どこか控えめで気品が感じられる。

竹松は充分に鼻腔を刺激されながら、舌を這わせていった。

溢れる蜜汁は淡い酸味を含み、彼は膣口の襞を掻き回して味わい、ゆっくりオサネまで舐め上げていった。

「アア……、いい気持ち……」

千代が顔を仰け反らせて喘ぎ、内腿できつく彼の顔を挟み付けてきた。

竹松は味と匂いに酔いしれ、執拗にオサネをチロチロと刺激しては、新たに溢れてくる潤いをすすった。

さらに彼女の両脚を浮かせ、形良い尻の谷間に鼻を埋め込むと、双丘の弾力を顔中で味わいながら蕾を嗅いだ。

秘めやかに蒸れた匂いを嗅ぎ、胸を満たしてから舌を這わせ、息づく襞を充分に濡らしてからヌルッと舌を潜り込ませた。

「あう……」

千代が呻き、キュッと肛門で舌先を締め付けた。

竹松は中で舌を蠢かせ、ほのかな味わいのある滑らかな粘膜を味わった。

出し入れさせるように動かすと、鼻先にある割れ目からは新たな淫水が泉のようにトロトロと溢れてきたので、彼は千代の脚を下ろしながらヌメリをすすり、再びオサネに吸い付いていった。

「ああ……、い、入れて……」

千代が息を弾ませ、姫らしからぬ言葉でせがんできた。

竹松も身を起こして股間を進め、急角度にそそり立った幹に指を添えて下向きにさせ、先端を濡れた陰戸に擦りつけて潤いを与えた。

本手（正常位）は初めてだが、むろん迷うことなく位置を定めると、ゆっくり押し込んでいった。

張り詰めた亀頭が潜り込むと、あとはヌルヌルッと滑らかに根元まで吸い込まれた。

「アア……、いい……」

千代が身を反らせて喘ぎ、味わうようにキュッキュッと締め付けてきた。

竹松も股間を密着させながら、温もりと感触を味わい、まだ動かず屈み込んでチュッと桜色の乳首に吸い付いていった。

コリコリと硬くなった乳首を舌で転がし、顔中で膨らみを味わってから、もう片方も含んで舐め回した。

腋の下にも鼻を埋め込むと、生ぬるく湿った和毛には濃厚に甘ったるい汗の匂いが籠もり、悩ましく鼻腔が刺激された。

彼がうっとりと酔いしれながら、徐々に腰を突き動かしはじめると、

「ああ、もっと強く……」

千代は熱く喘ぎ、ズンズンと合わせて股間を突き上げ、両手で彼にしがみついてきた。

竹松も次第に勢いを付けて腰を遣い、何とも心地よい肉襞の摩擦と潤い、きつい締め付けを味わって高まった。

すると千代が彼の顔を引き寄せ、ピッタリと唇を重ねてきたのである。

彼も密着させ、熱い息で鼻腔を湿らせながら舌を挿し入れた。

姫の舌は生温かな唾液に濡れ、ヌラヌラと滑らかに蠢いた。

竹松は腰を動かしながら千代の舌を味わい、ジワジワと絶頂を迫らせたが、もちろん先に果てる気はない。

それより、姫の中に出して良いのだろうか。

朱里からそのような注意は受けていなかったが、姫に快楽だけ与え、孕ませてはならぬとすでに了解していると思われたかも知れない。だからこそ、堪えられるかどうか試されたのだ。

どうせ朱里は、襖の向こうから様子を窺っているだろう。いよいよとなれば声を掛けてくるに違いないと思ったのだった。

二

「アア……。い、いい気持ち……」

千代が口を離して喘ぎ、収縮と潤いを強めていった。

彼女の吐息は熱く湿り気を含み、茜に似た甘酸っぱい匂いがした。しかし茜のような里の果実ではなく、江戸で売っている桃の匂いのような気がする。

とにかく竹松は姫の果実臭に酔いしれながら、いつしか股間をぶつけるように激しい律動を繰り返していた。

「す、すごい……。アアーッ……！」

たちまち千代が声を上げ、彼を乗せたままガクガクと狂おしく腰を跳ね上げ始めた。

どうやら、本格的に気を遣ってしまったようだ。

竹松が果てることなく、なおも動き続けていると、やがて千代はグッタリと満足げに硬直を解いて身を投げ出していった。

彼も動きを止め、しばし収縮に包まれていたが、

「もう良い。すごく気持ち良かった……」

千代が言うので、そろそろと身を起こし、股間を引き離していった。

添い寝し、彼女の呼吸が整うのを待っていたが、千代は何度かビクッと痙攣して余韻に浸っていた。

引き上げ時かと思ったら、いきなり千代の手が伸びて、淫水にまみれた一物に触れてきたではないか。

「まだ硬くて大きなまま……。そなたは気を遣っていないのか……」

「え、ええ……。姫様の中に出してはいけないと思い……」

「そう……」

千代は答え、やんわりと手のひらに包み込み、ニギニギと微妙に一物を愛撫してくれた。

その快感に幹をヒクつかせると、まだ荒い息遣いも整わぬうち、千代がゆっくりと身を起こし、彼の股間に屈み込んできた。

「大きい……」

千代が熱い視線を注いで呟く。虎太郎のものと比較して言ったのだろう。

そして彼女は舌を伸ばし、鈴口をチロチロと舐め回し、張り詰めた亀頭にしゃぶり付いてきたのである。

「ああ……」

さすがに畏れ多い快感に、仰向けで身を投げ出したまま竹松は喘いだ。

千代も厭わず小さな口を精いっぱい丸く開き、スッポリと喉の奥まで呑み込んでくれた。

熱い鼻息は恥毛をくすぐり、口の中ではチロチロと滑らかに舌が蠢いた。

何度かスポスポと摩擦してからチュパッと引き抜き、ふぐりにも舌を這わせてきた。

　恐らく、虎太郎にもしていた愛撫なのだろう。

　二つの睾丸が転がされ、股間に姫君の熱い息が籠もった。

　充分に袋を唾液にまみれさせると、千代は再び肉棒に口を寄せた。

「口に放って」

「い、いえ、それはなりません……」

「良いのですよ。こんなに硬くなっているのに、気を遣らねば落ち着いて寝られないでしょう」

　千代が幹を握りながら言う。

　すでに男女のことは全て知り尽くしているようで、無垢な婿殿を迎えて大丈夫だろうかと心配になった。

　まあ、そうしたことを教えるのは朱里の役目であろう。

　千代は返事を待たず、再び亀頭にしゃぶり付くと、念入りに舌をからめ、スポスポと小刻みに摩擦してくれた。

　長い髪がサラリと股間を覆い、その内部に熱い息が籠もった。

「アア……、気持ちいい……」

竹松も快感に専念して喘ぎ、中に出さなければ良いだろうと、我慢するのを止めた。

それに襖の向こうにいるであろう朱里も、止める様子はないようだ。

下からもズンズンと股間を突き上げると、

「ンン……」

千代は小さく呻き、たっぷりと唾液を出しながら強烈な愛撫を繰り返してくれた。たちまち竹松は、大きな絶頂の快感に貫かれてしまった。

「い、いく、姫様……。アアッ……！」

竹松は声を洩らし、快感に身悶えながらドクンドクンと熱い大量の精汁を勢いよくほとばしらせた。

「ク……」

喉の奥を直撃された千代が呻き、それでも摩擦と吸引は続行してくれた。

彼は、姫の口を汚すという畏れ多い快感の中で、心置きなく最後の一滴まで出し尽くしてしまった。

ようやく突き上げを止め、グッタリと身を投げ出すと、千代も摩擦と吸引を止め、亀頭を含んだまま口に溜まった精汁をコクンと飲み込んでくれた。

「あう……」

締め付けと感激に呻き、彼は駄目押しの快感に反応した。

千代は口を離し、何度か幹をしごき、鈴口に膨らむ余りの雫までチロチロと舐め取ってくれたのだ。

「く……、もういいです。有難うございました……」

竹松がヒクヒクと過敏に幹を震わせて言うと、千代も舌を引っ込めて再び添い寝してきた。

「またしましょうね」

「ええ……。朱里様にお伝え下さいませ……」

千代が言うのに答えると、竹松は姫の吐息を嗅ぎながら、うっとりと余韻を味わった。

その息に精汁の匂いはせず、さっきと同じ甘酸っぱい果実臭で、その刺激にすぐにもムクムクと回復しそうになってしまった。

すると襖が開き、静かに朱里が入って来たのである。

「あ……」

竹松は慌てて身を起こし、手早く下帯を着けて着物を羽織った。

朱里は懐紙を出し、千代の淫水にまみれた陰戸を拭いてやり、

「お疲れ様でした。竹松、私の部屋で待つように」

姫の世話をしながら言った。

「は、はい。では姫様、おやすみなさいませ……」

竹松は辞儀をして言い、脱いだものを持って姫の寝所を出た。そして暗い廊下を進み、前に朱里に指でしてもらった部屋に入ると、すでに床が敷き延べられていた。

ちゃんと身繕いした方が良いだろうかと竹松が思ったら、すぐにも朱里が入ってきた。

「上々の首尾です。姫様も、いたくそなたが気に入った様子」

「お、恐れ入ります……」

言われて、竹松は着流しのまま頭を下げて答えた。

「良く堪えましたね。今宵は中に放っても構わなかったのに」

「さ、左様でしたか……」

「無理なときは前もって言いますので」

朱里が言う。

してみると、やはり彼女は千代の月のもののめぐりを把握し、危うい頃合いを承知しているようだった。

そして朱里は、帯を解いて着物を脱ぎはじめたのである。

「しゅ、朱里姉さん……」

「構いません。姫のお口に一度きりでは足りないでしょう」

言われて、竹松も新たな淫気と興奮に包まれながら全裸になっていった。

朱里も一糸まとわぬ姿になり、布団に仰向けになり身を投げ出した。

「さあ、好きなように存分に」

彼女が言い、竹松は期待に激しく胸を高鳴らせ、憧れの朱里に迫っていった。

前の時は見ていない乳房が、形良く豊かに息づいている。

彼は乳首を含んで舐め回し、もう片方の膨らみに手を這わせながら、甘ったるい体臭に包まれた。

左右の乳首を交互に含んで舌で転がし、柔らかく豊満な膨らみの感触を顔中で味わった。

「ああ……」

すると朱里が熱い喘ぎ声を洩らしはじめた。

昼間の時は、役目中の着衣姿だったから反応を抑えたようだが、今宵は素直に快感を受け止めてくれている。

竹松も嬉々として乳首を愛撫し、彼女の腕を差し上げて腋の下にも鼻を埋め込んでいった。色っぽい腋毛に鼻を擦りつけ、濃厚に甘ったるい汗の匂いに噎せ返り、うっとりと胸を満たした。

そして白く滑らかな熟れ肌を舌でたどり、臍を探ってから下腹の心地よい弾力を味わい、腰の丸みから脚を舐め下りていった。

三

「アア……、竹松……」

朱里が喘ぎながら名を呼んでくれた。市助と争ったが、彼女も心のどこかで、どちらを選ぼうか迷ったこともあるのだろう。

竹松は朱里の両脚を味わい、足裏にも舌を這わせ、足指の間に鼻を擦りつけてムレムレになった匂いを貪った。爪先にしゃぶり付き、全ての指の股に舌を割り込ませ、汗と脂の湿り気を味わうと、

「あう……」

朱里が呻き、くすぐったそうに豊満な腰をくねらせた。

竹松は両足とも味わい尽くし、股を開かせて脚の内側を舐め上げ、白くムッチリと量感ある内腿をたどって股間に迫った。

見ると昼間とは違い、熟れた陰戸からはヌラヌラと大量の蜜汁が溢れて、充分すぎるほど潤っていた。

朱里ほどの淫法の手練れともなれば、濡らすのも自在なのだろう。

堪らずに顔を埋め込み、柔らかな茂みに鼻を擦りつけ、隅々に籠もって蒸れた汗とゆばりの匂いで胸を満たした。

やはり誰も、似ているようで微妙に匂いは違う。

彼は鼻腔を刺激されながら舌を挿し入れ、かつて茜が生まれ出てきた膣口の襞を探り、淡い酸味のヌメリを舐め取りながら、ゆっくりとオサネまで舌を這わせていった。

「アア……、いい……」

朱里が身を弓なりに反らせ、内腿で彼の両頬を挟み付けてきた。

竹松は味と匂いを堪能し、泉のように溢れる淫水をすすった。

そして彼女の両脚を浮かせ、豊満な尻に迫り、谷間の蕾に鼻を埋めて蒸れた匂いを嗅いだ。

顔中に密着して弾む双丘を味わい、充分に匂いを貪ってから舌を這わせ、ヌルッと潜り込ませて滑らかな粘膜を探った。

「く……」

朱里が呻き、モグモグと肛門できつく舌先を締め付けた。

やがて竹松は舌を蠢かせてから口を離し、再び陰戸に顔を埋めてヌメリをすすった。

「いいわ、入れて……」

朱里が言い、大股開きになって受け入れる体勢になった。

彼も身を起こして股間を進め、先端を濡れた陰戸に押しつけた。

もちろん姫の口に放ったばかりだが、何しろ憧れの朱里を前にして、彼自身ははち切れそうにピンピンに屹立（きつりつ）していた。

膣口に押し込んでいくと、あとは膣内の蠢きでヌルヌルッと滑らかに根元まで吸い込まれてしまった。

「アアッ……！」

朱里が喘ぎ、彼も股間を密着させて温もりと感触を味わい、脚を伸ばして熟れ肌に身を重ねていった。

彼女も両手で抱き留め、ズンズンと股間を突き上げると、竹松の胸の下で押し潰れた乳房が心地よく弾んだ。

彼も動きながら唇を重ね、ネットリと舌をからめて生温かな唾液を味わった。

次第に収縮が増してゆき、

「ああ、いきそう……」

朱里が口を離し、熱い白粉臭の吐息が弾んだ。

竹松も股間をぶつけるように勢いを付けて律動すると、ピチャクチャと淫らに湿った摩擦音が響いてきた。揺れてぶつかるふぐりも生温かく濡れ、彼も激しく高まっていった。

しかし、いきなり朱里が動きを止めたのだ。

「お尻に入れて」

「え……」

言われて、竹松も驚いて動きを止めた。今宵の朱里は尻で感じたいのか、あるいは彼に様々な挿入を教えようとしているのかも知れない。

もちろん彼も興味を覚え、嬉々として身を起こした。

いったんヌルッと一物を引き抜くと、朱里も自ら両脚を浮かせて抱え、尻を突き出してきた。

見ると陰戸から伝い流れる淫水で、蕾もヌメヌメと潤っている。

竹松は蜜汁に濡れた先端を蕾にあてがい、ゆっくり押し込んでいった。

息を測らなくても、朱里ほどのものならいつでも締め付けは緩められるだろうから、すぐにも張り詰めた亀頭がズブリと潜り込み、あとは滑らかに挿入することが出来た。

「あう……」

朱里が呻き、深々と受け入れた。

竹松も根元まで押し込み、膣とは違う感触を味わいながら股間を押しつけていった。

すると尻の丸みが心地よく密着して弾み、中でヒクヒクと幹が歓喜に震えた。

「強く突いて、奥まで何度も……」

朱里が言い、彼もぎこちなく腰を突き動かすと、次第に滑らかに動けるようになっていった。

　入り口はさすがにきついが、内部はそれほどでもなく、むしろ楽だった。内壁は思っていたほどのベタつきもなく、むしろ滑らかだった。

　勢いを付けて律動すると、いつしか朱里は自ら乳首を摘(つま)んで動かし、空いた陰戸にも指を這わせていた。

　淫水に濡れた指の腹でクリクリとオサネを擦り、朱里の手すさびを目(ま)の当たりにした彼は急激に絶頂を迫らせた。

　摩擦と締め付けの中、とうとう竹松は昇り詰めてしまい、

「い、いく……！」

　快感に口走りながら、熱い精汁をドクンドクンと勢いよく注入した。

「ああ、いい……！」

　噴出を感じた朱里も声を上げ、ガクガクと狂おしい痙攣を開始して気を遣っていった。あるいは自分でいじるオサネの快感で果てたのかも知れないが、絶頂が一致して彼は嬉(うれ)しかった。

　内部に満ちる精汁で、さらに動きがヌラヌラと滑らかになった。

　竹松は快感に身悶えながら、最後の一滴まで出し尽くし、満足しながら動きを弱めていった。

「ああ……」

彼が声を洩らして力を抜くと、朱里も乳首とオサネから指を離し、身を投げ出して荒い息遣いを繰り返した。

すると肛門が息づき、抜こうとしなくても、ヌメリとともに一物が押し出されてきた。

やがてツルッと抜け落ちると、彼は美女に排泄されたような気がして妖しい興奮を覚えた。肛門は丸く開いて粘膜を覗かせ、すぐにつぼまって元の可憐な形に戻っていった。

竹松が余韻に浸ろうと添い寝しかけたが、

「すぐ湯殿へ」

呼吸も整わないまま朱里が身を起こして言い、彼も全裸のまま一緒に部屋を出た。もうこの刻限なら誰も起きているものはいない。

互いに暗い廊下を進んで曲がり、湯殿に入った。手燭などなくても、格子窓から射す月光で、夜目の利く二人は充分に見ることができる。

朱里が冷えた残り湯を手桶に汲み、彼の股間に浴びせてくれた。

そして甲斐甲斐しく糠袋で洗ってくれ、もう一度水を掛けた。

「ゆばりを出して」

言われて、竹松も回復を堪えながら懸命に尿意を高め、やがてチョロチョロと放尿して内側からも洗い流した。

出しきると朱里はもう一度水で洗い、さらに屈み込むと亀頭をくわえてチロチロと鈴口を舐めてくれた。

「ああ、朱里姉さん……」

竹松は快感に喘ぎ、たちまちムクムクと元の硬さと大きさを取り戻してしまった。そのまま簀の子に仰向けになると、朱里も本格的にスポスポと口で愛撫してくれた。

もちろん快適な布団でなく、硬い簀の子でも一向に気にならない。過酷な鍛錬に明け暮れた里に比べれば、江戸屋敷は極楽のようなものだ。

朱里は深々と呑み込んではクチュクチュと舌をからめ、たっぷりと唾液に濡らしてくれた。

そしてスポンと口を離すと身を起こし、前進して彼の股間に跨がってきたのである。

やはり尻の穴ではなく、今宵の仕上げは正規の場所で感じたいのだろう。

「ま、待って。姉さんのゆばりがほしい……」

竹松は言い、挿入前に以前からの願望を口にした。

「こう……？」

朱里も答え、跨いだまま前進して彼の顔にしゃがみ込んでくれた。

彼は下から豊満な腰を抱き寄せ、陰戸に鼻と口を押し当てた。

まだ朱里は洗い流していないから匂いも残り、彼は嗅ぎながらオサネに吸い付き、流れを待ったのだった。

四

「あう、出るわ……」

朱里が息を詰めて言うなり、竹松が舐めている柔肉の奥が迫り出すように盛り上がって、味と温もりが変化した。

間もなくチョロチョロと熱い流れがほとばしり、彼は口に受けて味わいながら懸命に喉に流し込んだ。

味も匂いも淡く、薄めた桜湯のように心地よく飲み込めた。しかも憧れの朱里の出したものを受け入れるのだから、その悦(よろこ)びは絶大である。

勢いが付くと口から溢れた分が、温かく両頰を伝い耳の穴にも入った。

「アア……」

朱里は喘ぎながら、ゆるゆると放尿し続けていたが、やがて勢いが弱まると、とうとう流れは治まってしまった。

竹松はポタポタと滴(したた)る余りの雫をすすり、淡い残り香の中で割れ目内部を舐め回した。

すると新たな淫水で残尿が洗い流され、淡い酸味のヌメリが満ちてきた。

「さあ、もういいでしょう……」

朱里が言い、彼の上を移動していった。

茶臼(ちゃうす)（女上位）で跨がり、先端に濡れた陰戸を当てながら、息を詰めてゆっくり腰を沈めていった。

たちまち彼自身は、ヌルヌルッと滑らかに、温かく濡れた陰戸に深々と呑み込まれていったのだった。

「アア……、奥まで届く……」

完全に座り込んだ朱里が、顔を仰け反らせて熱く喘ぎ、密着した股間をグリグリ擦りつけてきた。竹松も摩擦と締め付けに包まれ、今度こそ朱里の中に出せる期待に胸が弾んだ。

両手を伸ばして引き寄せると、朱里も身を重ねてきた。

彼は手を回して抱き留め、両膝を立てて豊満な尻を支えた。

朱里も豊かな乳房を彼に胸に押しつけて弾ませ、まだ尿が残っているのも構わず、上からピッタリと唇を重ねてくれた。

舌をからめると、彼女は竹松が好むのを知っているようで、ことさら多めの唾液をトロトロと口移しに注いでくれた。

彼も生温かく小泡の多い唾液を味わい、うっとりと喉を潤して酔いしれながら、徐々にズンズンと股間を突き上げていった。

「アアッ……、感じる……」

朱里が口を離し、唾液の糸を引きながら熱く喘いだ。

竹松も、彼女の口から吐き出される白粉臭の息を胸いっぱいに嗅ぎ、鼻腔を刺激されながら突き上げを強めていった。

再び、クチュクチュと摩擦音が聞こえ、溢れた淫水がふぐりの脇を伝い流れ、彼の肛門の方まで生温かく濡らしてきた。

「舐めて……」

彼が囁くと、朱里も彼の口の周りから鼻の穴、頬までヌラヌラと舐め回してくれた。

舐めるというより、吐き出した唾液を舌で塗り付ける感じで、たちまち竹松の顔中はヌラヌラと美女の唾液にまみれた。

ときに朱里は軽く頬を噛んでくれ、彼は唾液と吐息の匂いで急激に高まった。

このまま小さくなって朱里のかぐわしい口に入り、細かく嚙まれて飲み込まれたい衝動に駆られた。

「ああ、いきそうよ……」

朱里が近々と顔を寄せたまま甘く囁き、収縮と潤いを増していった。

たちまち竹松も、溶けてしまいそうに大きな絶頂の快感に全身を勢いよく貫かれてしまった。

「い、いく。気持ちいい、姉さん……」

昇り詰めながら口走り、彼はありったけの熱い精汁をドクンドクンと勢いよく膣内にほとばしらせた。

「あ、熱い……。アアーッ……！」

噴出を感じた途端、朱里も激しく気を遣って声を上ずらせ、ガクガクと狂おしい痙攣を開始したのだった。

膣内の収縮も最高潮になり、彼は心ゆくまで快感を噛み締め、最後の一滴まで出し尽くしていった。

（とうとう朱里姉さんの中で……）

竹松は大きな感激に胸を震わせ、すっかり満足しながら徐々に突き上げを弱めていった。

「ああ、良かった……」

朱里も満足げに声を洩らし、熟れ肌の強ばりを解いていくと、遠慮なくグッタリと力を抜いて身体を預けてきた。

まだ膣内はキュッキュッと名残惜しげな収縮を繰り返し、過敏になった幹が内部でヒクヒクと跳ね上がった。すると朱里も応えるように、きつく締め上げてくれた。

竹松は朱里の重みと温もりを受け止め、白粉臭の吐息を間近に嗅ぎながら、うっとりと快感の余韻に浸り込んでいったのだった。

ようやく呼吸を整えると、朱里がそろそろと股間を引き離して身を起こし、あらためて水を浴びて股間の前後を洗った。

竹松も起き上がり、全身を洗い流した。

「朝まで、一緒にいたい……」

「それは駄目。今夜は納屋へお帰りなさい。明日からは屋敷内に部屋を与えるとご家老が」

言われて、竹松も頷いた。

十年暮らした納屋が今宵最後と思えば、また感慨も深いものがあった。

やがて身体を拭くと部屋に戻って身繕いをし、竹松は素直に屋敷を出て納屋へと戻っていった。

裏門の方を窺ったが、もう智之進たちの密談はないようだ。頼政の江戸入りまでは、もう打ち合わせることもないのだろう。

納屋に入った竹松は着物を脱ぎ、床に横になった。

思うのは朱里のことばかりだが、それにしても昨日茜と交わり、今日は千代姫どころか朱里とまで一つになれたのである。

やはり朱里の姿を垣間見(かいまみ)たときから、運命が変わったようだった。

今日は朱里の指で、そして姫と交わってから口に、さらに朱里の尻と陰戸に、合計四回も射精したのである。

まだまだ淫気は満々だったが、さすがに多くのことがありすぎて頭がついて行かず、間もなく彼は深い眠りに落ちてしまったのだった……。


――夢を見ていた。

もう何度となく見た、お馴染み（なじ）みの夢だと気づいたが、それでも竹松の胸の痛みは現実のものだった。

「茜をお願い」

朱里が柿色（かきいろ）の装束に身を固め、まだ幼い茜を女たちに預けて外へ飛び出した。

むろん竹松も市助も、男も女も戦えるものは総出で、押し寄せる山賊（さんぞく）たちを迎え撃った。

山賊は数十人、他藩に雇われていた素破崩れが、食い詰め浪人を集めて徒党を組んだ集団である。連中は山々を渡り歩き、特に肥沃（ひよく）な土地で圧倒的に女たちの多いこの里を乗っ取ろうとしてきたのだ。

以前から小競（こぜ）り合（あ）いはあったが、此度（こたび）は山賊も総出で襲撃してきたのである。

浪人たちは数を頼み、女たちへの欲望を露わにしているので何ともあしらいやすかった。

顔面へ手裏剣を投げつけ、それを避ける隙に迫って腹をえぐり、ときに足で砂を掛けては喉を突き刺した。正式な剣術ではなく臨機応変、回りにあるものまで利用しながら竹松も敵を屠りまくった。

しかし、敵の素破崩れは相当な手練れ揃いで、味方にも多くの死傷者が出て、浪人たちが一掃されると素破同士の戦いとなった。

それでも里の反撃に徐々に怯みはじめて山賊は後退し、戦いの場は山中へと移っていった。

目的は敵の首領。それを最強の朱里、市助と竹松が追い詰めた。

ふと気づいた竹松が振り返ると、木の陰から銃口が朱里を狙っている。

(ん？　火縄の匂い……)

「危ない、朱里姉！」

竹松が叫ぶと同時に、種子島の轟音一発。竹松は木に駆け寄り、撃ち手に手裏剣を打ち、同時に袈裟懸けに斬り裂いていた。

急いで朱里のところへ戻ったが、倒れていたのは市助だ。

どうやら咄嗟に、市助が朱里を庇って銃弾を受けたのだろう。

激昂した朱里は首領に迫り、竹松も残党を斬り結びながら市助に駆け寄った。

「市助兄！」

「ああ、もう駄目だ。竹、とどめを……」

血泡を吹いた市助が苦悶しながら彼を見上げて言う。銃弾を胸に受け、出血が夥しく相当に苦しそうだ。

あとは何か言おうとしても言葉にならず、竹松は彼が、朱里と茜を頼む、と言っていることが分かった。

竹松は切っ先を市助の喉に当て、良いか、というふうに見ると、彼も小さく頷いた。元より手当てしても無理なほどの深手だ。

竹松も意を決し、切っ先を市助の喉に突き刺して絶命させた。

そのときの竹松の頭の中には、もっと早くこうしていれば朱里を我が物に出来たのに、という思いがよぎったことは、誰よりも自分が知っている。

と、そこへ朱里が血刀を下げて戻ってきた。どうやら首領を仕留め、僅かな残党は逃げだしたようだった。

「とどめを望まれたか……」

朱里が冷ややかに彼を見下ろして言った。

むろん朱里も、竹松の自分への思いは知っている。朱里は屈み込み、市助の瞼（まぶた）を閉じさせて立ち上がった。

「戻るぞ。みなの手当てを」

朱里が言い、竹松は市助の遺骸を担いで山を降りたのだった……。

五

（やむを得ないこととは知りつつ、あれから朱里姉さんは心を閉ざしたようだった……）

翌朝、目覚めた竹松はまだ夢の余韻の中で思った。

竹松は市助に、朱里と茜のことを頼まれたのに、朱里はとても近づきがたい雰囲気をまとっていた。

それで竹松は里を出たのである。

近くにいれば竹松は辛（つら）くなるばかりで、朱里にしても、夫にとどめを刺した彼がいるのは複雑な心根であったに違いない。

しかし朱里も、あれから十数年を経て、男を愛することはなくても淫気の解消として寛容になっていたのだろう。

元より朱里は、なぜ市助を選んだのか。

体格も術も知恵も市助と竹松はほぼ互角、しかも市助は竹松よりも醜男だったのだ。そのぶん実直さが勝ったのかも知れない。

まあ茜が朱里に似たのは幸いだった。

竹松は起きて着替え、井戸で顔を洗ってから庭掃除を始めた。

と、そこへ智之進が姿を現した。

「なんだ、まだ下働きをするのか。我らがご家老から命じられたのだが」

「はい、今日一日、私にさせて下さい」

言われて、竹松は答えた。

「ほう、久々に声を聞いたぞ。今日一日というのはどういうことだ」

「今宵から、お屋敷内に部屋を頂きましたので」

「ふん、納屋を引き払うのか。全く、どうしてお前などがご家老に与えられた役目に就くのだ」

智之進が、憤怒に眉を険しくさせて言った。

「ああ、俺はもう何もかも嫌になった。国許へでも見聞に行かせてもらうか」

彼が独りごちるように言う。

確かに、無役で鬱憤が溜まりきっているのだろう。

だからこそ喜兵衛の誘いに乗り、金を奪って逐電しようという気になっているのかも知れない。

智之進の親や兄は外に屋敷を持っている。

ここで彼が国許へ出向くというのは、途中で逐電する布石で言ったのかも知れない。大っぴらに藩を出るわけにいかないので、途中で行方不明になるつもりなのだろう。

役職もなく親兄弟からも相手にされない彼がいなくなっても、誰一人困らないのである。

竹松は、少し彼が気の毒になった。

やがて智之進が侍長屋に戻ると、竹松は庭掃除と薪割りをした。

すると昼前に、また智之進が刺し子の稽古着で、若侍たちと庭に出てきた。

今まで竹松がしてきた仕事は明日から若侍たちがするということで、今日も皆は剣術の稽古を始めるようだ。

「竹、来い。お前はすばしこいからな、他のものより手応えがありそうだ。なあに、お役目があるから怪我はさせん、手加減してやる」

智之進が言い、若侍の袋竹刀を手にして投げ寄越した。

袋竹刀はササラになった竹を布で包んだもので、打撃は痛いが骨が折れるようなことはない。

竹松が受け取ると、智之進が青眼に構えて間合いを詰めてきた。周囲の若侍たちも、息を呑んで見守っている。

「手加減はご無用に」

「なに！　言ったな」

竹松の言葉に激昂し、彼は勢いよく面に打ち込んできた。

竹松は横に避け、間一髪で躱すと、

「む……！」

智之進は奥歯を噛み締め、さらに続けざまに攻撃してきたが、悉く竹松はヒラリヒラリと躱し続けた。次第に智之進は息が上がり、形を無視して横殴りに払ってきたり、竹松の得物を叩き落とそうとしてきた。

だが彼の切っ先が竹松に触れることはなかった。若侍たちは、目を丸くして成り行きを見守っている。

「お、おのれ……！」

いよいよ智之進の疲労も限界に来たとき、竹松は軽く物打ちでコンと彼の右手首を叩いた。

「うがッ……」

さして痛くないだろうに、智之進は大げさに呻いて仰け反り、カラリと得物を取り落としてしまった。

「失礼……」

竹松は辞儀をして言い、袋竹刀を若侍に返すと、スタスタと奥へ行って薪割りを再開した。

「け、稽古始め！」

智之進は、呆然としている若侍たちに怒鳴ると、自分は足早に侍長屋へと引っ込んでしまった。連中も仕方なく、自分たちでゆるい稽古を開始した。

竹松は薪割りを終えると湯殿の外に積み上げ、風呂掃除をしてから昼餉に呼ばれた。

「あまり苛めませんように」

稽古を見ていたらしい茜が囁いた。やはり素破が力を見せるのは控えろと言っているのだろう。

「はあ、済みません。苛められているのは私の方で……」

竹松も答え、厨の隅で飯と干物と汁物の昼餉を済ませたのだった。

そして井戸端で水を浴びて身体を拭き、口を漱いでから納屋へ戻った。

着替えを入れた行李を整理し、布団を畳んで屋敷へ運ぼうと思っているところへ、小春が入ってきた。

手には水の入った桶を持っている。

「言われて、月代を剃りに参りました」

「そう、どうも有難う」

竹松は答え、初めて小春を中に招き入れた。

彼女も上がり込んで桶を置き、座った竹松の肩に甲斐甲斐しく手拭いを掛けて剃刀を手にした。

「お布団は運ばなくて良いようです。お屋敷の中に、良いお布団が揃っているようですから」

「確かに、この煎餅布団を屋敷に入れるのはどうかと思っていたので」

「お役目に就いて良かったですね。私は少し寂しいけど、いつまでも竹さんがこの納屋にいると、何となく安心していたので」

小春が言い、元結いを解いて彼の髪を下ろし、月代に剃刀を当てはじめた。慣れた手つきなので、今までも家で父親や祖父の月代を剃っていたのかも知れない。

肩越しに、たまに小春の湿り気ある吐息が漂い、甘酸っぱい匂いが鼻腔を刺激してきた。やはり桃の実のような芳香で、彼の股間はムズムズと疼いてきてしまった。

「いよいよ、今月いっぱいでお暇を戴き、婿を取ることになりました」

「そう、相手は知っている人？」

「ええ、何度か顔を合わせたことのある、一つ下で菓子屋の次男です」

「そうか、それはお目出度う」

竹松は、後ろにいる小春に言った。

「いいえ、何となく心配で……」

「何が心配なの？」

彼が訊くと小春は剃り終えて手拭いで拭き、剃刀を洗った。

そして櫛(くし)で髪を整え、また髷(まげ)を結って新たな紙縒(こよ)りの元結いをきつく縛ってくれた。

「さあ、出来ました」

「有難う」

竹松が答えると小春は桶を隅に寄せ、居住まいを正した。彼も向き直ると小春は、婚儀に関する悩みを打ち明けてきたのだった。

第三章　生娘(きむすめ)の濡れた蕾(つぼみ)

一

「実は、手習いの仲間から聞いて、その子は嫁(とつ)いだばかりなのだけど、最初はすごく痛いって言うので」

小春が、笑窪(えくぼ)の浮かぶ頬をほんのり染め、モジモジと竹松に言った。

「ああ、情交のことなら、少々痛いのは無理もないよ。ただ充分に濡らしておけば、初回でも痛みは和らぐので」

竹松が股間を熱くさせながら答えると、さらに小春は真っ赤になって俯(うつむ)いた。

「その、濡れれば良いのだけど……」

「自分でオサネをいじったことはあるだろう？」

「ええ……。でも、その子は、濡れる前に入れられたから、たいそう血が出て痛かったって……」

「ああ、中には濡れていないのにすぐ入れる男もいるからね。かと言って、自分でいじって濡らしてからしてもらうわけにもいかないし」

「そうなんです。他の誰にも訊けなくて。竹さんは独り身だけど、男と女のことも少しは分かっているのでしょう？」

小春は言って、恐る恐るつぶらな目を上げた。

「うん、分かっているけど」

「それなら教えて下さい。まず、男がどのようなものか見たいです」

彼女が、好奇心に目をキラキラさせて言った。夕餉の仕度までは、まだ暫くあるので誰にも用を言いつけられないようだ。

「うん、じゃ見てみるといいよ」

竹松は無垢な町娘に興奮を覚えながら、手早く帯を解いて着物と下帯を脱ぎ去ると、片付けようと思っていた布団に仰向けになった。

小春も物怖じせず、にじり寄って、ピンピンに屹立した肉棒に熱い視線を向けてきた。

「まあ、こんなに大きく勃って、邪魔じゃないんですか……」

「いつもはもっと小さく柔らかいのだけど、淫気を催すと交接のため硬くなるんだよ」

「私に淫気を……？」

「それはそうだ。こんなに綺麗な小町娘が目の前にいるんだから」

言うと小春は羞じらいに身をすくめ、あらためて一物に視線を遣ってきた。

「こんなに太いものが入るのかしら……」

「いいよ、触っても。さっき洗ったばかりだからね」

竹松が胸を高鳴らせ、幹を震わせて言うと、小春もすぐに手を伸ばしてきた。

そろそろと幹を撫で、いったん触れると度胸が付いたように張り詰めた亀頭をいじり、ふぐりを探って睾丸を確かめ、袋をつまみ上げて肛門の方まで覗き込んできた。

「ああ、気持ちいい……」

「気持ちいいんですか。ピクピク動いてる……」

「その袋は玉が入っていて急所だから、強く触れないように」

竹松が言うと、小春は再び肉棒に指を戻した。

「先っぽが濡れてきたわ。これが精汁？」

「それは気持ち良いときに濡れる、女の淫水と同じだよ。精汁は白くて、勢いよく飛ぶんだ」

「まあ、見たいわ……」

「あとで見せてあげる。そこも優しくいじって」

「こう……？」

小春はぎこちなく肉棒を揉んでくれた。無垢な指の刺激が心地よく、彼自身は何度かヒクヒクと上下に震えた。

「女が濡れても、入れるときは一物も唾で濡らすといいよ。少しでいいからしゃぶって。もちろん婿にいきなりしてはいけないよ」

言うと、小春も好奇心いっぱいのまま、ためらいなく屈み込んできた。

そして幹を指で支えながら、そっと舌を伸ばして粘液の滲む鈴口をチロリと舐めてくれた。

「ああ、気持ちいい……。深く入れて、歯を当てないように」

さらにせがむと小春は口を開いて亀頭を含み、スッポリと呑み込んでくれた。

そのまま幹を締め付け、熱い鼻息で恥毛をくすぐりながら、口の中ではチロチロと舌が滑らかに蠢いた。

「上下に動かして……」

言うと小春もぎこちなく顔を上下させ、濡れた口でスポスポと摩擦してくれた。

気をつけていてもたまに歯が触れ、新鮮な刺激が得られた。

「ああ、いいよ。月の障りで入れられない時は、こうして悦ばせてやるといい。口に放たれても精汁は毒じゃないから飲んで構わないから」

「ンン……」

小春は小さく呻き、顎が疲れたようにチュパッと口を離して顔を上げた。

「本当、何だか唾で濡らしたら入りやすそう……」

彼女が言い、光沢を放つ亀頭を見つめた。

「じゃ小春ちゃんのも見せて」

「え？　私も脱ぐの……」

竹松が言うと、彼女がビクリと身じろいで答えた。

「脱がなくていいから、厠のように顔に跨がって」

「まあ、そんなこと……」

「でも婿にいきなりしちゃいけないよ」

彼が言うと、小春もその気になってきたように立ち上がった。そして仰向けの

彼の顔の横に立ち、何度か躊躇い戸惑いながら、

「本当にいいんですか……」

恐る恐る言った。竹松が頷くと、やはり彼女も羞恥より好奇心に負け、そろそろと跨がり、裾をめくってしゃがみ込んでくれたのだ。

裾の巻き起こす風に、肌の温もりが混じって彼の顔を撫で、やがて小春が完全にしゃがみ込むと、白い内腿がムッチリと張り詰め、ぷっくりした無垢な割れ目が鼻先に迫った。

「アア、恥ずかしい……」

真下からの熱い視線と息を感じ、小春は両手を縮めて声を震わせた。

丘の若草は楚々として、割れ目からはみ出す花びらも小ぶりだった。

そっと指を当てて広げると、無垢な膣口が息づき、小粒のオサネも僅かに顔を覗かせていた。

しかし桃色の柔肉はヌラヌラと潤い、どうやらかなり濡れやすいたちのようだった。

「綺麗だよ。すごく」

下から言うと、小春がビクリと内腿を震わせた。

竹松が腰を抱き寄せ、丘の茂みに鼻を埋め込んで嗅ぐと、蒸れた汗とゆばりの匂いが濃く沁み付いて鼻腔を掻き回してきた。

彼はうっとりと胸を満たしながら舌を這わせ、膣口の襞をクチュクチュ探り、オサネまでゆっくり舐め上げていった。

「あう……」

小春が呻き、思わずギュッと座り込みそうになると、懸命に彼の顔の左右で両足を踏ん張った。

チロチロとオサネを刺激すると、蜜汁の量が増え、彼は淡い酸味を含んだヌメリをすすった。さらに尻の真下に潜り込み、ひんやりした双丘を顔中で受け止めると、おちょぼ口の蕾に鼻を埋めた。

秘めやかに蒸れた匂いを貪ってから、舌を這わせて襞を濡らし、ヌルッと潜り込ませて滑らかな粘膜を探ると、

「く……、駄目です。そんなとこ……」

小春が驚いたように呻き、キュッときつく肛門で舌先を締め付けた。

竹松は充分に舌を蠢かせてから、淫水の量の増した陰戸に戻り、オサネに吸い付いた。

「アア……、いい気持ち……」

小春はクネクネと悶えて喘ぎ、とうとうしゃがみ込んでいられなくなり、両膝を突いて突っ伏し、彼の顔の上で亀の子のように手足を縮めてしまった。

竹松も下から這い出すと、あらためて彼女を仰向けにさせた。

「じゃ舐めていかせてあげるので力を抜いて」

彼は言い、再びオサネに舌を這わせ、小刻みに蠢かせた。果てるまでは、一定の動きを崩さない方が良く、彼は小さな円を描くように舌先を這わせ、オサネへの刺激を集中させた。

同時に指を濡れた膣口に差し入れ、小刻みに内壁を擦り、時に天井の膨らみも指で圧迫した。

さすがに締まりはきついが、これだけ濡れれば挿入に支障はないだろう。

彼が舌を動かしながら、指で中を探り続けると、

「い、いっちゃう……。アアーッ……!」

たちまち小春が声を上ずらせ、ガクガクと狂おしく腰を跳ね上げて気を遣ってしまった。膣内の収縮も申し分なく、竹松は彼女がグッタリすると、ようやく舌と指を離してやった。

添い寝し、彼女の呼吸が整うのを待った。

「ね、入れてみて下さい……」

小春が、息を弾ませて朦朧（もうろう）としながら言った。

「ここではいけないよ」

「じゃ今夜、私のお部屋に来て下さい。他の人たちとは離れているので」

彼女が言う。梅屋から金をもらっているので、女中たちの共同部屋ではなく、小春は一室を与えられているようだ。

「じゃ今夜行くので、今は出るところを見せてあげよう」

竹松は言い、彼女に腕枕してもらいながら、生娘の指で愛撫してもらった。

二

「ああ、いいよ。もっと強く……」

小春に幹をしごかれながら竹松は喘ぎ、顔を引き寄せてピッタリと唇を重ねていった。ぷっくりした弾力が伝わり、舌を挿（さ）し入れて歯並びを舐めると、彼女もチロチロと舌をからめてくれた。

口吸いに夢中になると指の動きが疎(おろそ)かになり、せがむように幹を震わせるとまた動かしてくれた。

「唾を出して、いっぱい……」

口を触れ合わせたまま囁(ささや)くと、小春も懸命に唾液を分泌させてトロリと吐き出してくれた。

生温かく小泡が多い、この世で最も清らかな唾液だ。

竹松はうっとりと味わい、喉を潤して酔いしれた。

さらに彼女の開いた口に鼻を押し込み、熱い吐息を胸いっぱいに嗅ぐと、茜や千代に似た果実臭だが、他の誰よりも濃厚で、甘酸っぱい匂いが悩ましく鼻腔を掻き回してきた。

「ああ、いく……」

長く保たせても手が疲れるだろうから、良い頃合いで竹松は昇り詰めて喘ぎ、大きな快感に包まれた。

すると小春も顔を上げ、しごきながら一物を見た。

同時に、白濁(はくだく)した精汁がドクンドクンと勢いよくほとばしった。

「まあ、すごい……」

「もっと動かして……」

彼女が息を呑んで言い、竹松は快感に身悶えながら射精を続けた。

飛び散ったそれは彼自身の腹を濡らし、小春の指も汚した。

やがて出しきってグッタリと身を投げ出すと、

「もういいよ、有難う……」

彼は言い、小春も指を離して身を起こした。そっと指を嗅いで微かに眉をひそめ、屈み込んで濡れた先端をチロリと舐めた。

「あう……」

刺激に彼は呻き、ピクンと幹を反応させた。

「あまり味はないわ。でも生臭い。これが生きた子種なんですね……」

小春が言い、懐紙を出して手を拭き、彼の腹や一物も丁寧に拭ってくれた。

そして立ち上がって裾を直すと、

「じゃ私戻りますね。今夜きっと来て下さい」

そう言って静かに納屋を出ていった。

竹松も呼吸を整え、余韻から覚めると起き上がって身繕いをした。

今宵、生まれて初めて生娘を抱けると思うと胸が弾んだ。

千代も、昨日の今日だから呼ばれることはないだろう。

やがて彼は少し休憩してから布団を隅に畳み、納屋の中を掃除してから、行李(こうり)を担いで屋敷へと入った。

すると、すぐに朱里が出てきた。何人もの女を知ろうとも、朱里と顔を合わせると竹松の胸の中で大太鼓(おおだいこ)が鳴った。

「お部屋はこちらです」

朱里に案内されると、彼の部屋は奥向きに近い場所にあった。ここならば千代の寝所にも湯殿にも近い。

部屋に行李を置くと、すでに豪華な布団も備えられていた。

さらに朱里は、屋敷内を案内してくれた。もちろん竹松も、一度回れば全て覚え、厠や女中部屋なども把握(はあく)した。

「では、用を言いつかるまで部屋でゆるりと過ごしなさい。もう井戸端の水浴びは止(よ)して、湯殿を使うように。夕餉も厨(くりや)でなく部屋へ運ばせますので」

「承知致しました」

言われて彼は、朱里の残り香を嗅いでから部屋に戻った。刀架(とうか)には大小、裃(かみしも)や足袋(たび)まで用意されているではないか。

どうやらこれで、見かけだけは大名の家臣ということになるのだろう。

表向きは、家老の下働きという立場だが、実際は姫君の淫気解消役である。

考えてみれば、畳の部屋で寝起きするなど里の頃にもなく、生まれて初めての経験であった。

細く障子を開けて庭を見ると、若侍たちが屋根や板塀の掃除までしていた。

間もなく頼政が来るからだが、みな生き生きと働いているのは、剣術で智之進に苛められるよりずっと楽なのだろう。

やがて日が傾くと、竹松は湯殿で身体を流し、用意された着物を着て、着古したものは捨てることにした。

そして部屋にいると、女中が夕膳を運んできた。

飯に吸物、焼き魚に漬け物だ。ゆっくり食事を終えて茶を飲むと、間もなく日が落ちた。

もう今日は何か用を言いつけられることもなく、あとは寝るだけである。

竹松が寝巻に着替えて、障子から外の様子を窺うと、厨の片付けが終わり、それぞれ女中たちも各部屋へ戻ったようだ。

頃合いを見計らうと、彼はそっと部屋を出て、迷わず小春の部屋へと行った。

そこは寝るだけの三畳間だが、隅の文机には一輪挿しや鏡などが置かれて、さすがに女らしい部屋だった。

彼女も、床を敷き延べたところである。

「あん、急いで身体を流そうと思ったのに」

「いいよ、そのままで」

竹松は答え、室内に籠もる娘の体臭に股間を熱くさせた。

「流さなくて良いのですか。汗臭いですよ」

「構わないよ。それより本当に、私が最初で良いのかな」

「ええ、ろくに知らない婿より、竹さんに最後まで教わりたいです」

小春が言い、決心は鈍っていないようだった。

それならと彼が帯を解くと、小春も手早く脱ぎはじめていった。

先に全裸になった竹松が布団に横になると、やはり生娘の匂いが沁み付いていて、彼自身は激しく勃起していった。

小春も矢絣と襦袢、腰巻を脱ぎ去り、たちまち一糸まとわぬ姿になって添い寝してきた。

「ここへは誰も来ませんので……」

小春が身を投げ出して言うと、竹松は半身を起こし、昼間は見ていない乳房を眺めた。

張りのある膨らみはお椀を伏せたように形良く、さすがに乳首と乳輪は初々しい桜色をしていた。彼は屈み込み、チュッと乳首に吸い付いて舌で転がし、乳房の弾力を顔中で味わうと、甘ったるい匂いが鼻腔をくすぐった。

「ああ……」

小春が声を洩らし、ビクリと肌を強ばらせた。まだ感じるというより、くすぐったい感覚の方が強いのだろう。

彼は左右の乳首を交互に含んで舐め回し、腋の下にも鼻を埋め込んでいった。生ぬるく湿った和毛には濃厚に甘ったるい汗の匂いが籠もり、悩ましく鼻腔が刺激された。やはり一日中働いているから、茜や千代よりずっと匂いが濃く彼の興奮が高まった。

胸を満たしてから無垢な肌をたどり、愛らしい縦長の臍を探り、もちろん陰戸は後回しにして腰から脚を舐め下りていった。

婿になる男がどんな性癖か分からないが、まず無垢に近ければ、これほど丁寧な愛撫はしないだろう。もちろんあとで言い聞かすことにし、今は快楽に専念することにした。

「アア……、いい気持ち……」

膝のあたりも感じるように小春が悶えて喘いだ。脛にはまばらな体毛もあり、いかにもおきゃんな江戸娘という感じがして愛しかった。

足首まで下りると足裏を舐め、指の間にも鼻を押しつけて嗅いだ。

「あう、駄目……」

驚いたように小春が呻いたが、もう朦朧となって拒む力も湧かないようだ。

指の股は汗と脂に湿り、ムレムレの匂いが濃厚に沁み付いて鼻腔が掻き回された。彼は生娘の足の匂いで鼻腔を満たし、爪先にしゃぶり付いて舌を割り込ませていった。

「ああ……、汚いのに……」

小春は声を洩らし、じっとしていられないようにクネクネと腰をよじらせた。

竹松は両足とも味と匂いを貪り尽くし、股を開かせて脚の内側を舐め上げていった。

すでに昼間舐められ、心地よさを知っているため小春は期待に息を弾ませ、ヒクヒクと白い下腹を小刻みに波打たせていた。

彼はムッチリした内腿から股間に迫り、先に両脚を浮かせて尻の谷間に舌を這わせていった。

蒸れた匂いを貪ってから舌を這わせ、ヌルッと潜り込ませて粘膜を探ると、

「く……。へ、変な気持ち……」

もう昼間に舐められているから拒むことなく、彼女は肛門で舌先を締め付けて呻いた。竹松も充分に舌を蠢かせてから、脚を下ろしていよいよ陰戸に迫っていった。

無垢な割れ目は昼間以上に、大量の淫水を漏らして熱気を籠もらせ、彼も顔をギュッと埋め込んで舌を這わせていった。

三

「アアッ……。い、いい気持ち……！」

小春が内腿できつく竹松の両頬を挟み付け、顔を仰け反らせて喘いだ。

彼も淡い茂みに鼻を擦りつけ、隅々に籠もって蒸れた汗とゆばりの匂いを貪りながら、膣口からオサネまで舐め上げていった。

「あう、そこ……」

小春が呻き、内腿に力を込めた。

竹松もチロチロと執拗にオサネを舐め回しては、指を膣口に挿し入れ、挿入に備えて揉みほぐすように内壁を摩擦した。さらに天井の膨らみを指の腹で圧迫すると、

「も、漏れそう……」

急に尿意を覚えたように小春が口走った。

「いいよ、出しても」

「だって、お布団が……」

「大丈夫、全部飲んでしまうから」

「そ、そんなこと……。あう……」

小春は言うなり、とうとう刺激に堪えきれなくなったように声を震わせ、チョロッと熱い流れをほとばしらせてしまった。

口に受けたが、生娘のゆばりは味も匂いも淡く清らかで、彼は嬉々として喉に流し込んだ。

「アア……」

小春は喘ぎ、いったん放たれた流れは止めようもなく、チョロチョロと勢いを付けて彼の口に注がれてきた。

しかし厠は済ませたあとだろうし、今は刺激に漏らしているだけだから量は少なく、間もなく流れは治まってしまった。

そして彼女も、オサネや膣への刺激と放尿の快感でクネクネと悶え、新たな淫水を漏らしてきた。

竹松は悩ましい残り香の中で潤いをすすり、うっとりと喉を潤しながら愛撫を続けた。

「い、入れて……」

とうとう小春が口走り、竹松も舌と指を離すと股間から這い出した。

「その前に、一物を濡らして」

添い寝しながら言うと、彼女も息を弾ませて身を起こし、幹を握って先端に顔を寄せてきた。

粘液の滲む鈴口を舐め回し、唾液を垂らしながらスッポリと喉の奥まで呑み込むと、幹が快感に震えた。小春は熱い息を弾ませ、クチュクチュと舌をからめ、たっぷりと唾液に濡らしてくれた。

「ああ、気持ちいい……。いいよ、跨いで入れて……」

「私が上に？」

竹松が充分に高まって言うと、小春が口を離して訊いた。

「ああ、上の方が自分で好きに入れられるし、痛ければ止められるからね」

言うと彼女も好奇心に突き動かされ、身を起こして跨がってきた。

幹を指で支え、もう片方の手で自ら陰唇を広げて先端をあてがった。

そして意を決するように息を詰め、あとはためらいなくゆっくりと腰を沈み込ませていった。

張り詰めた亀頭が生娘の膜を丸く押し広げて潜り込むと、あとは潤いと重みでヌルヌルッと滑らかに根元まで受け入れた。

「アア……！」

小春が破瓜の刺激に眉をひそめ、顔を仰け反らせて喘いだ。ぺたりと座り込むと、股間を密着させたまま上体を硬直させ、まるで真下から杭に貫かれたようだった。

竹松も、熱いほどの温もりと肉襞の摩擦、きつい締め付けと潤いに包まれながら初めて生娘を味わう快感を噛み締めた。

やがて彼は両手を伸ばし、身を強ばらせている小春を抱き寄せ、両膝を立てて弾力ある尻を支えた。

彼女も身を重ね、竹松の胸に乳房を押しつけてきた。

「痛いかな？」

「ええ、少し。でも嬉しい……」

訊くと小春が健気に答え、遠慮なく身体を預けた。

竹松は下から彼女の顔を引き寄せ、ピッタリと唇を重ねて舌をからめた。

「ンン……」

小春も熱く鼻を鳴らして舌を蠢かせ、彼の鼻腔を息で湿らせた。

下向きだから、執拗に舌をからめると生温かな唾液が注がれ、彼はうっとりと味わいながら喉を潤した。

様子を探るように、徐々に股間を突き上げはじめると、潤いが充分なのですぐ動きが滑らかになり、きつく締まる膣口に雁首が擦れて快感が増した。

「アア……」

小春が口を離し、熱く喘いだ。

その口に鼻を押しつけて嗅ぐと、今宵も濃厚に甘酸っぱい匂いが鼻腔を刺激してきた。

「大丈夫かな」

「ええ……、平気です……」

囁くと小春が小さく答え、応えるように収縮と潤いを増していった。

竹松もいったん動くとあまりの快感に突き上げが止まらなくなり、次第に勢いを付けてしまった。

「ああッ……。奥が、熱いわ……」

小春は喘ぎ、次第に破瓜の痛みも麻痺してきたか、自分からも小刻みに腰を動かしはじめた。

彼も気遣いが吹き飛び、股間を突き上げながら絶頂を迫らせた。

どうせ初回から気を遣るわけもないから、長引かせることもないので、竹松は我慢せず全身で感触を受け止めると、たちまち大きな絶頂の快感に全身を貫かれてしまった。

「く……！」

竹松は突き上がる快感に呻き、熱い大量の精汁をドクンドクンと勢いよくほとばしらせた。

「あう、感じる……」

幹の脈打ちと噴出を感じたか、小春が呻いて締め付けを強めた。

中に満ちる精汁で、さらにヌラヌラと律動が滑らかになり、クチュクチュと湿った摩擦音が響いた。

竹松は果実臭の吐息を嗅ぎながら快感を噛み締め、心置きなく最後の一滴まで出し尽くしてしまった。

彼が満足しながら突き上げを弱めていくと、生娘でも事が済んだことが分かったか、

「ああ……」

小春も声を洩らし、肌の強ばりを解いてグッタリともたれかかってきた。

竹松が締め付けの中、ヒクヒクと過敏に幹を跳ね上げると、

「あう、まだ動いてる……」

小春は刺激に収縮を繰り返して言った。

彼は、生娘でなくなったばかりの小春の重みと温もりを受け止め、かぐわしく濃厚な吐息を間近に嗅いで鼻腔を満たしながら、うっとりと快感の余韻に浸り込んでいった。

やがて重なったまま荒い息遣いを整えると、小春がそろそろと股間を引き離して横になった。

竹松は身を起こして懐紙を取り、手早く一物を拭いながら彼女の股間に顔を寄せた。陰唇が痛々しくはみ出し、膣口から逆流する精汁に、うっすらと血が混じっていた。

それでも少量で、すでに止まっているようで、彼は懐紙を当てて優しく拭ってやった。

全ての女が初回から出血するとは限らないので、婿養子も特に気にすることはないだろう。あとは感じすぎるのを抑えるよう、嫁ぐ前に言っておけば良いだけだった。

「では流してきます……」

小春が身を起こし、寝巻を羽織って言った。

後悔の様子もないので竹松も安心すると、寝巻を着て立ち上がり、一緒に部屋を出た。そして二人で湯殿に入り、彼は股間だけ流すと、

「じゃ、おやすみ」

彼女に言い、すぐに出て自室に戻ったのだった。

もう一度ぐらいしておきたいが、初回から二度の挿入は酷であろう。だから彼も、初物の感触を思い出しながら寝ようと思った。

すると、何と竹松の部屋に茜が来ていたではないか。

その顔を見た途端に彼は眠気など吹き飛び、たちまちムクムクと回復していったのだった。

四

「姫君と小春、美味（おい）しかった？」

寝巻姿の茜が、悪戯（いたずら）っぽい笑みを含んで竹松に言う。元より彼の行動は、全て知り尽くしているのだろう。

「ああ、夢のような毎日だよ」

「まだ出来る？」

「もちろん」

言われて彼は答えると、すぐに寝巻を脱ぎ去り全裸で布団に仰向けになった。

茜も手早く脱ぎ去り、甘ったるい匂いを揺らめかせながら、一糸まとわぬ姿になって迫った。

「ここへ座って」

仰向けになった竹松が下腹を指して言うと茜も素直に跨がり、しゃがみ込んで陰戸を密着させた。

「足を伸ばして顔に乗せて」

さらにせがむと、茜もためらいなく両足を伸ばし、彼が立てた両膝に寄りかかりながら足裏を顔に乗せてくれた。

「ああ……」

竹松は茜の身体の重みを受け止めて喘いだ。急角度に勃起した一物が、彼女の腰をトントンと叩いた。

彼は茜の踵から土踏まずを舐め回し、両の指先に鼻を擦りつけた。

そこはやはり汗と脂に湿り、蒸れた匂いが濃く沁み付いて鼻腔が刺激された。

充分に胸を満たしてから爪先をしゃぶり、両足とも全ての味と匂いを貪り尽くしていった。

「顔を跨いで」

口を離して言うと、茜も彼の顔の左右に足を置いて前進した。

厠に入った格好で顔にしゃがみ込むと、左右の内腿がムッチリと張り詰め、鼻先に迫った陰戸が悩ましく匂った。

　腰を抱き寄せて柔らかな恥毛に鼻を埋め、汗とゆばりの混じって蒸れた匂いで鼻腔を満たすと、甘美な悦びが胸に満ちていった。

　嗅ぎながら柔肉を舐め回し、膣口を探ると淡い酸味の蜜汁がヌラヌラと溢(あふ)れて舌の動きを滑らかにさせていった。

　そのままオサネまで舐め上げていくと、

「アア……」

　茜が熱く喘ぎ、ヒクヒクと白い下腹を波打たせた。

　竹松は充分に舐めてからヌメリをすすり、尻の真下にも潜り込んで顔中で双丘を受け止めた。谷間の蕾に鼻を埋め、秘めやかに蒸れた匂いを貪ってから舌を這わせ、ヌルッと潜り込ませていった。

「く……」

　茜が呻き、キュッときつく肛門で舌先を締め付けた。

　竹松は滑らかな粘膜を探り、再び濡れた陰戸に戻ってオサネに吸い付いた。

「ゆばりを出して」

彼は、ついさっき小春に求めたことを言った。

「少しなら……」

茜も答え、下腹に力を入れて尿意を高めると、すぐにもチョロチョロとか細い流れが注がれてきた。

かつて市助や朱里が忙しかった時は、竹松が茜のオシメを替えてやったこともあるのだ。その娘が美しく成長し、こうしてゆばりを飲ませてもらうなど感無量であった。

味も匂いも小春と同じぐらい清らかで、一瞬勢いが増したが、それで出しきったように流れが治まり、今回もこぼさず飲み干すことが出来たのだった。

なおも残り香の中で余りの雫をすすり、舌を這い回らせていると新たな淫水が大量に溢れてきた。

「も、もういいわ……」

すっかり高まった茜が言って股間を引き離し、彼の股間に移動していった。

すると彼女は竹松の両脚を浮かせ、尻の谷間に舌を這わせてきた。

熱い鼻息でふぐりをくすぐり、ヌルッと潜り込ませてくると、

「あう……」

彼は快感に呻き、モグモグと味わうように肛門で茜の舌を締め付けた。

中で舌が蠢くと、内側から刺激された一物がヒクヒクと上下に震え、先端から粘液が滲んできた。

ようやく脚が下ろされると、茜はふぐりにしゃぶり付き、二つの睾丸を舌で転がしてから、さらに前進して肉棒の裏側を舐め上げた。

滑らかな舌が先端まで来ると、濡れた鈴口が舐め回され、そのまま茜は丸く開いた口でスッポリと肉棒を呑み込んでいった。

幹を締め付けて吸い、熱い鼻息で恥毛をそよがせ、クチュクチュと舌をからめると、顔を上下させスポスポと強烈な摩擦を繰り返した。

「ああ、気持ちいい。入れたい……」

竹松が高まって言うと、茜も口を離して前進し、上から跨がると一気に一物をヌルヌルッと膣内に納めていった。

さっきは生娘を、今度は憧れの女の娘と、同じ茶臼（女上位）で交わるとは、何と贅沢なことであろうか。

「アア……」

茜が喘ぎ、キュッキュッと締め付けながら身を重ねてきた。

竹松も両手で抱き留め、膝を立てて尻を支えながら、潜り込むようにして乳首に吸い付いていった。

じっとしていても、収縮と締め付けにジワジワと絶頂が迫ってくる。

竹松は両の乳首を順々に含んで舐め回し、腋の下にも鼻を埋め、湿った和毛に籠もる甘ったるい汗の匂いに噎せ返った。

そして胸を満たしてから唇を求めると、茜も上からピッタリと密着させ、チロチロと舌をからめてくれた。

生温かく小泡の多い唾液が注がれ、彼は喉を潤して酔いしれ、ズンズンと股間を突き上げはじめた。

「ああ……、いい気持ち……」

茜が口を離して喘いだ。

ややもすればついさっきと同じ体位だから、竹松は快感に包まれながら相手を小春と錯覚しがちだが、やはり経験者である茜は違い、すぐにも感じはじめているようだ。

竹松は、里の果実の匂いのする茜の甘酸っぱい吐息を嗅ぎながら、突き上げを強めていった。

「ね、誰がいちばん好き？」

茜はまだ動かず、顔を寄せて訊いてきた。

「今は茜」

「今だけ？　やっぱりお母さんが一番なのね」

「いや、初めて一つになったのだから茜は特別だ」

彼が動きながら答えたが、茜はまだじっとしたままだ。

「ね、父の最期の様子を聞かせて」

茜は、さらに前と同じことを言った。

「そ、それは山賊との混戦の中で……」

「詳しく」

「そうか、どうしても聞きたいのか……」

竹松は答え、突き上げを弱めながら仕方なく話してやった。

市助が咄嗟に朱里を庇って胸に銃弾を受け、もう助からぬと悟り、竹松にとどめを求めたことを。

「そう……、最後に命を絶ったのは、竹さんの手で……」

「そうだ」

「それはお母さんも知っていること？」

「ああ、知っている。だから私も、朱里姉さんの夫として後釜に納まるには複雑な気持ちだった。やがて気持ちも通い合えないまま私は里を出て、こうして普通に会えるようになるまでには、十何年の歳月が必要だった」

　竹松は全て語ったが、膣内の一物が萎(な)えるようなことはなかった。

「どんな気持ちだった？　父が亡き者になれば、お母さんと一緒になれると思った？」

「そうした気持ちが全くないと言えば嘘になる。だが朱里姉さんは、私に心を開くことはなかった」

　彼は交わりながら、重々しく言った。

「そう、分かったわ……」

「どう分かったのだ？」

「分かったのは、もう手当てしても助からないのと、苦しみを長引かせなかったこと」

「でも、私が命を絶ったのだから、父の敵(かたき)と思っても良い。殴って離れても構わぬぞ」

竹松が言っても茜は上から離れなかったし、話している間もずっと膣内の潤いと収縮が続いていた。

火の点いた快楽と、父の死の真相で複雑な思いになっているのだろう。

「そんなことはしない……」

茜が小さく答えた。

「ならば、思い切り唾を吐きかけてくれ」

竹松は言ったが、贖罪ではなく快楽のためというのは、膣内の一物の震えで茜も察したかも知れない。

彼女は唇に唾液を溜めると大きく息を吸い込んで止め、近々と迫るなりペッと強く吐きかけてくれた。

果実臭の息とともに、生温かな唾液の固まりが鼻筋を濡らし、ほのかな匂いをさせて頬の丸みをトロリと伝い流れた。

「ああ……」

竹松は快感に喘ぎ、股間の突き上げを再開させた。

すると茜も彼の鼻筋の唾液を拭うように舌を這わせ、腰を動かしはじめた。

新たな潤いで動きが滑らかになり、ピチャクチャと淫らな摩擦音を響かせながら、互いの股間がビショビショになった。

彼は急激に高まり、激しく律動しながら、

「い、いく……！」

絶頂の快感に貫かれ、ありったけの熱い精汁をドクンドクンと勢いよくほとばしらせてしまった。

「か、感じる……。ああーッ……！」

噴出を受けた途端に茜も声を上げ、ガクガクと狂おしく全身を痙攣させ、激しく気を遣っていった。

収縮の増した膣内で心ゆくまで快感を味わい、竹松は最後の一滴まで出し尽くしていった。そして突き上げを弱めていくと、

「アア……」

茜も満足げに声を洩らし、全身の硬直を解きながらグッタリともたれかかってきた。

竹松は重みと温もりの中、息づく膣内でヒクヒクと幹を過敏に震わせた。

そして間近に迫る茜の口から洩れる甘酸っぱい吐息を嗅ぎながら、うっとりと余韻に浸り込んでいったのだった。

五

「おお、竹松。これを持って一緒に駿河屋まで行ってくれ」

　翌日の昼前、竹松は家老に部屋に呼ばれて行くと、そこに新右衛門と一緒に、両替屋の喜兵衛がいた。

「これは立派なご家来衆、私は駿河屋喜兵衛と申します」

　喜兵衛が笑みを浮かべて言う。

　悪事を企んでいることを知っていても、前に見た凄味は片鱗も見せず、人の良さそうな表情を浮かべていた。

　両替屋は、手数料を取って小判を使い勝手の良い小銭に替えたり、質屋や骨董屋などを兼業するものが多く、この喜兵衛も何かと田代藩の江戸屋敷に出入りして親しくしていた。

　今日は当家の壺を買い取ったらしい。

「筑波竹松です」

　彼も答えた。姓はないが、里の近くの山を名乗ったのだ。

「では、行って参ります」

「ああ、頼むぞ」

新右衛門に言うと彼も答え、竹松は風呂敷に包まれた箱入りの壺を持って立ち上がった。

竹松が喜兵衛と一緒に屋敷を出ると、彼は初めて腰に大小を帯びた。

むろん左腰が重くなってもフラつくようなことはない。

庭では若侍たちが掃除をしていて、中にいた智之進もチラとこちらを見たが、何も言わず作業を続けた。

屋敷の外へ出るのは久しぶりだが、日本橋にある駿河屋なら知っている。

「間もなくお殿様の江戸入りですな」

少し後ろを歩く、重そうな手文庫の包みを抱えた喜兵衛が言ったが、

「ああ……」

竹松は短く答えた。

「かなり剣術の方もおやりのようですね。さすがはご家老の側近」

技を隠しているのに、それでも歩き方で分かるのなら、喜兵衛も相当な手練れに違いない。

竹松が答えずにいると、それきり彼も黙ったので、恐らく取っつきにくい無口な男だと思ったのだろう。

やがて二人は武家屋敷の連なる一画を抜け、商家の立ち並ぶ通りに出た。もう松も取れ、正月気分から抜けた人々は家業に専念しているようで、相変わらず江戸の町は活気があった。

二人は黙々と四半刻（約三十分）近く歩き、やがて駿河屋に着いた。

店の構えは意外に小さいので、あるいは高飛びするため仮の借家で世を忍んでいるのかも知れない。と、店先に赤ん坊を抱いた三十前の年増がいた。丸髷に結い、眉を剃ってお歯黒を塗って整った目鼻立ちをしているので、あるいは駿河屋の女将かも知れないが、それなら喜兵衛は一回りばかり若い女房をもらったのだろう。

赤ん坊は女の子らしい着物を着せられ、おとなしく眠っているので、むずがっていたところをあやしたところのようだった。

「お駒、こちらは筑波様だ。わざわざ壺をお持ち頂いた」

「まあ、それは恐れ入ります」

喜兵衛が言い、駒と呼ばれた女は出てきた女中に赤ん坊を預け、竹松に深々と頭を下げた。

「どうかお茶でも」

喜兵衛が、壺の包みを受け取りながら竹松に言う。

「いや、私はこれで」

「まあそう仰(おっしゃ)らず、お近づきになれたのですから。では私は仕事に戻りますのでここで失礼いたします。お駒、筑波様を奥へ」

喜兵衛は辞儀をして言い、暖簾(のれん)を避けて店内に入っていった。

中に、若い番頭や丁稚(でっち)の姿が見えたが、みな恭(うやうや)しく主人の帰りを迎えながら荷物を受け取っていた。

「どうぞ、こちらへ」

駒が言い、仕方なく竹松も彼女に従った。あるいは、何か悪事に関する証(あか)しが見聞きできるかも知れないと思ったのだ。

しかし駒は店の建物ではなく、路地に入って抜けると、奥に別のこぢんまりとした一軒家があり、そこへ彼を招き入れた。

どうやらここも借家で、二棟持っているようだ。

上がり込むと、座敷には酒肴（しゅこう）が用意されているので、あるいは今日は最初から誰か藩士を招き、接待するつもりだったらしい。

「ごゆるりとなさって下さいね。どうかお一つ」

駒が座り、銚子を手にし優雅な仕草で差し出してきた。

竹松も大刀を鞘（さや）ぐるみ抜いて右に置き、座して盃（さかずき）を取った。

注がれた酒を含んでみたが、何ら薬物は入っていない。

「矢田様も、何かとお見えになって頂いております」

駒が艶然（えんぜん）と笑って言い、では智之進も接待を受けるうち喜兵衛に取り込まれていったのだろう。

「筑波様は、ずっと江戸で？」

「いや、常陸の国許の出なので、ただの田舎者です」

「そう、奥様やお子様は？」

駒が酒を注ぎ足しながら訊いてくる。

「まだ独り身なので」

「まあ、それは勿体（もったい）ない。なかなか良いお相手がいないのですね。それに真面目そうだから、遊びにも行かれないのでしょう」

駒が熱っぽい眼差しで言うが、竹松は何も答えず、彼女にも酒をすすめようかと迷った。膳には空の杯も置かれているのだ。

しかし、そのとき駒がいきなりウッと呻き、胸を押さえて屈み込んだのだ。

「ど、どうした……」

「いえ、大丈夫です……」

「店から人を呼んでくる」

「いいえ、すぐ治まりますので。どうかこちらへ……」

駒が言い、フラリと立ち上がって襖を開けた。そちらには床が敷き延べられているではないか。

「少し横になっていれば良くなりますので」

彼女が言うので、竹松もよろける彼女を支えて布団に座らせた。

すると駒が手早く帯を解くと着物の前を寛げ、白く何とも豊かな乳房をはみ出させたのである。

濃く色づいた乳首には、ポツンと白濁の雫が浮かんでいた。

仮病とも思えなかったが、どうやら彼女は乳が張って苦しかったようだ。

「どうか、吸い出してこれに吐き出して下さいませんか……」

駒が懐紙を差し出し、濃厚に甘ったるい匂いを漂わせながら懇願した。

竹松が少しためらううちにも彼女は着物を脱ぎ去り、襦袢と腰巻だけで横になり、朱里よりずっと大きな乳房を露わにしたのだった。

彼も濃い匂いに酔いしれながら、思わず股間を熱くさせてしまった。

そして左右の乳首から乳汁を滲ませている膨らみに、吸い寄せられるように顔を寄せていったのだった。

第四章　柔肌は乳の匂い

一

「ああ……、い、いい気持ち。楽になります……」

竹松が乳首を吸うと、駒はうっとりと熱い息で喘いだ。

ちょうど腕枕される形で、目の前いっぱいに豊満な乳房が迫っている。

彼が吸い付くたび、生ぬるく薄甘い乳汁が滲んで舌を濡らしてきた。

喉を鳴らすたび、甘美な悦びと甘ったるい匂いが胸に広がった。

「アア……。吐き出さずに飲んでいるのですか……」

駒が息を弾ませて言い、なおも乳汁の分泌を促すように自ら膨らみを揉みしだいた。

竹松も次第に吸う要領が分かると、多くの乳汁が出るようになってきた。

あまりに多く吸い出して、赤ん坊の分がなくなるのではないかと心配になってきたが、

「赤ちゃんの分は大丈夫です。それに、ここへは誰も来ませんので」

彼の心配を察したように駒が言った。

やがて充分に飲むと、心なしか膨らみの張りが和らいできたようだ。

竹松はもう片方の乳首にも吸い付き、新鮮な乳汁で喉を潤した。

「ああ……」

駒は喘ぎ、彼の顔を胸に抱きながらクネクネと悶えはじめた。

吸いながら見上げると、喘ぐ口からは熱く湿り気のある、花粉のように甘い吐息が漏れていた。ほんのりと金臭い匂いが混じっているのは、鉄漿の成分であろうか。

艶やかなお歯黒も実に色っぽく、かえって唇や舌や歯茎の赤さとヌメリが際立って見えた。

両方とも充分に吸い出すと、いつしか駒は仰向けになってハアハアと荒い息遣いを繰り返していた。すると駒が、そっと彼の股間に手を伸ばして強ばりを確認した。

「すごいわ。どうか最後までして下さい。さあ、筑波様も脱いで……」
駒が半身を起こし、乱れた襦袢(ジュバン)と腰巻まで脱ぎ去り、一糸(いっし)まとわぬ姿になると
あらためて仰向けに身を投げ出した。
竹松も脇差を置き、手早く羽織袴(はかま)に着物、襦袢に下帯(したおび)まで全て脱ぎ去り全裸に
なった。
誰かがこの家を窺(うかが)っている様子もないので、それだけ駒の色仕掛けには全幅の
信頼を寄せているのかも知れない。恐らく智之進も、こうして籠絡(ろうらく)されたのだろ
う。
竹松はのしかかり、もう一度左右の乳首を含んで舐め回してから、彼女の腕を
差し上げ、色っぽい腋毛(わきげ)の煙る腋の下にも鼻を埋(うず)め込んだ。
嗅(か)ぐと、乳に似た甘ったるい汗の匂いが濃厚に沁み付き、うっとりと胸に沁み
込んできた。
充分に嗅いでから白く滑(なめ)らかな肌を舐め下り、脇腹から腹、豊満な腰から脚を
舐め下りていった。
脛(すね)にもまばらな体毛があって艶(なま)めかしく、足裏を舐めて指の間に鼻を割り込ま
せると、汗と脂(あぶら)に湿って蒸(む)れた匂いが濃く籠もって鼻腔(びこう)が刺激された。

爪先にしゃぶり付き、指の股に舌を挿し入れて味わうと、クネクネと腰をよじらせた。

「あう、いけません。お武家様がそのような……」

すぐ挿入してくるとでも思っていたか、駒が心底から驚いたように呻き、クネクネと腰をよじらせた。

竹松は両足とも味と匂いを貪り尽くすと、ようやく指先から口を離し、駒を大股開きにさせた。

脚の内側を舐め上げ、ムッチリと量感ある内腿をたどって股間に迫ると、そこは熱気と湿り気が渦巻くように籠もっていた。

陰戸はヌラヌラと大量の淫水に潤い、黒々と艶のある恥毛も情熱的に濃く茂っていた。

まず先に彼は駒の両脚を浮かせ、豊かな尻の谷間に迫った。薄桃色の蕾は、出産の名残か、枇杷の先のように僅かに突き出た形をしていた。

鼻を埋めると生々しく蒸れた匂いが沁み付き、彼は嗅いで鼻腔を刺激されながら舌を這わせ、ヌルッと潜り込ませた。

「あう、何を……」

駒が刺激に呻き、キュッときつく肛門で舌先を締め付けてきた。

町人でも、足指や尻の穴は舐めてもらっていないのだろう。まして自分勝手で淡泊そうな智之進が細やかな愛撫などするはずもない。

竹松は舌を蠢かせ、淡く甘苦い粘膜を味わった。

ようやく脚を下ろし、いよいよ陰戸に迫った。

指で陰唇を広げると、襞の入り組む膣口からは、乳汁のように白濁した淫水が溢れていた。

ツヤツヤと光沢を放つオサネは、何と親指の先ほどもある大きなものがツンと突き立っていた。

茂みの丘に鼻を埋めて嗅ぐと、蒸れた汗とゆばりの匂いが鼻腔を満たし、割れ目に舌を這わせると淡い酸味のヌメリが迎えた。

息づく膣口を掻き回し、大きなオサネまでゆっくり舐め上げると、

「アアッ……、す、すごい……！」

駒がビクッと身を反らせて喘ぎ、内腿で顔を挟み付けてきた。

もう武士に陰戸を舐められる抵抗感などより、大きな快楽に包まれはじめているのだろう。

竹松はオサネを乳首のように吸っては、舌先で弾いた。

新たな淫水が泉のようにトロトロと湧き出し、それをすすって彼は味と匂いに酔いしれた。

「アア、駄目、いきそう……。もう堪忍……」

駒が嫌々をしながら悶えた。攻略するつもりが、自分ばかり快楽に高まっているのだ。

さらに彼は左手の人差し指を唾液に濡れた肛門に押し込み、右手の二本の指を膣口に入れ、なおもオサネを舐め回した。

前後の穴に入れた指で小刻みに内壁を擦ると、彼女は指が痺れるほどきつく締め付けてきた。

「ど、どうか、指でなく本物を入れて下さい。後生ですから……」

彼女が必死に懇願し、ようやく竹松も舌を引っ込め、前後の穴からヌルッと指を引き抜いた。

膣内にあった二本の指は淫水にまみれて湯気が立ち、湯上がりのように指の腹がシワになっていた。肛門に入っていた指に汚れはないが、嗅ぐと悩ましい匂いが感じられて興奮が増した。

彼は身を起こして股間を進め、先端を濡れた陰戸に押しつけていった。

感触を味わうようにゆっくり挿入していくと、彼自身は心地よい肉襞の摩擦を受けながら、ヌルヌルッと滑らかに根元まで吸い込まれた。

「あう……、すごい……」

駒が顔を仰け反らせて呻き、味わうようにキュッキュッときつく締め付けた。

竹松も股間を密着させながら、脚を伸ばして身を重ね、胸で乳房を押し潰して心地よい弾力を味わった。

上からピッタリと唇を重ね、舌を挿し入れていくと、

「ンンッ……」

駒も歯を開いて呻きながら、彼の舌にチュッと吸い付いてきた。

チロチロとからみつけながら、徐々に腰を突き動かしはじめると、彼女もズンズンと股間を突き上げて律動を合わせてきた。

次第に勢いを付け、股間をぶつけるように動くと、ピチャクチャと淫らに湿った摩擦音が響いた。

「アア……。い、いきそう……！」

唾液の糸を引いて口を離すと、駒は声を上ずらせて喘いだ。熱い花粉臭の吐息を嗅ぎながら、彼も激しく動いてはジワジワと絶頂を迫らせていった。

竹松も、深く浅く、時に調子を変えながら動き、膣内の収縮で彼女の絶頂が迫るのを測った。

たちまち駒がガクガクと狂おしい痙攣を開始し、

「い、いく……。アアーッ……！」

声を上げると同時に、彼も激しく昇り詰め、熱い大量の精汁をドクンドクンと勢いよく注入した。

「あう、もっと……！」

奥に噴出を感じた駒が駄目押しの快感に呻き、中に放った精汁を飲み込むようにキュッキュッときつく締め付け続けた。

竹松は心ゆくまで快感を味わい尽くし、最後の一滴まで出し切っていった。

ようやく満足しながら徐々に動きを弱め、彼が力を抜いて駒にもたれかかっていくと、

「こ、こんなに良かったの、初めて……」

精根尽き果てたようにグッタリと身を投げ出して言った。

竹松は熟れ肌に身を預けながら、まだ息づく膣内でヒクヒクと過敏に幹を跳ね上げた。

そして喘ぐ口に鼻を押し込み、濃厚に甘い花粉臭の吐息を胸いっぱいに嗅ぎながら、うっとりと快感の余韻を味わったのだった。

駒は下で失神したように力を抜き、たまにビクッと肌を奮わせていた。

竹松は呼吸を整えると、そろそろと身を起こして股間を引き離し、懐紙で互いの股間を拭ったのだった。

二

「あんなところを舐めるお武家がいるなんて……」

まだ起き上がれず、駒が横たわったまま吐息混じりに言った。

「独り身で、してみたいことが山ほどあったので」

添い寝した竹松は答え、すぐにもムクムクと回復してくると、駒もそれに気づいたように目を丸くした。

「まあ、もうこんなに……。でも、もう一度入れると起きられなくなるわ。お口で良ければ、いっぱいお乳を飲んでくれたから、今度は私が」

駒が言い、やっとの思いで身を起こすと、

「先にこっちへ……」

彼は言って駒の胸を引き寄せた。しゃぶられて、早々と済ませるのはあまりに惜しい美形である。

「顔にお乳を垂らして」

言うと彼女も胸を突き出し、自ら指で乳首を摘んで迫ってくれた。

すると白濁の乳汁がポタポタと滴り、彼は舌に受けて味わった。

さらに無数の乳腺から霧状になったものも顔中に降りかかり、彼は甘ったるい匂いに包まれた。

「ああ……」

竹松はうっとりと酔いしれて喘ぎ、完全に元の硬さと大きさを取り戻した。

「唾も垂らして」

さらにせがむと、駒は少々躊躇いながらも口中に唾液を溜めて迫り、形良い唇から白っぽく小泡の多い唾液をクチュッと吐き出してくれた。それを舌に受けて味わい、彼はうっとりと喉を潤した。

竹松は彼女の顔を抱き寄せ、舌をからめてからかぐわしい口に鼻を押し込んで甘い吐息を嗅いだ。

駒も舌を這わせ、彼の鼻を生温かな唾液でヌルヌルにさせてくれた。

そして一物(いちもつ)を握って動かし、もう充分な頃合いとみると、顔を起こして移動していった。

大股開きになった竹松の股間に腹這い、胸を突き出すと、まず豊かな乳房の谷間に幹を挟んで揉んでくれた。

「ああ、気持ちいい……」

彼が肌の温もりと柔らかな弾力に包まれて喘ぐと、駒も俯(うつむ)いて舌を伸ばし、先端をチロチロと舐め回してくれた。

ようやく胸を離すと、そのまま張り詰めた亀頭をしゃぶり、スッポリと喉の奥まで呑み込んでいった。

「ああ、顔を跨(また)いで……」

竹松が言うと、駒も肉棒を含んだまま身を反転させ、仰向けの彼の顔に跨がると、女上位の二つ巴(どもえ)で股間を迫らせてきた。

彼が真下から豊満な腰を抱き寄せ、再びオサネに吸い付くと、目の上で桃色の肛門が可憐(かれん)に収縮した。

「あう、駄目。また感じてしまうから……」

駒が集中出来ないように言うので、彼も口を離して見るだけにした。小刻みに顔を上下させて摩擦してくれた。

彼女は再び含み、熱い鼻息でふぐりをくすぐりながら、小刻みに顔を上下させて摩擦してくれた。

竹松は股間に熱い息を受けながら、舌の蠢きと吸引に陶然となり、ズンズンと股間を突き上げはじめた。

「ンン……」

駒が熱く呻き、さらに摩擦を強めてきた。自分は愛撫されなくても、真下から股間を見られて淫気は高まっているのか、割れ目からは白濁の淫水がツツーッと滴ってきた。

それを舌に受けて味わいながら、たちまち竹松は絶頂を迫らせた。

もちろん長引かせられるが、どんな陰謀があるかも分からない敵地だから、そろそろ済ませた方が良いだろう。

「い、いく……！」

竹松は大きな絶頂の快感に貫かれて口走り、ありったけの熱い精汁をドクンドクンと勢いよくほとばしらせた。

「ク……」

喉の奥を直撃された駒が呻いたが、摩擦と舌の蠢きは続行してくれた。

彼は快感を味わいながら、艶めかしい新造の口に思い切り出し続け、全て絞り尽くしていった。

「ああ……」

満足して声を洩らし、突き上げを止(や)めて身を投げ出すと、駒も動きを止めた。

そして亀頭を含んだまま、口に溜まった精汁をためらいなくゴクリと一息に飲み干してくれた。

「あう……」

キュッと口腔が締まり、竹松は駄目押しの快感に呻いた。この飲み込んだ精汁が、また赤ん坊のための乳汁になってゆくのだろう。

ようやく彼女も口を離し、半萎(はんな)えになった幹をしごきながら、鈴口(すずぐち)から滲む余りの雫(しずく)までチロチロと舐め取ってくれた。

「く……、もういい……」

竹松は腰をよじらせて呻き、過敏に幹を震わせた。

駒も舌を引っ込めて添い寝し、大仕事でも終えたように力を抜いて荒い息遣いを繰り返した。

「飲むの、あまり好きじゃないんだけど、今は嫌じゃなかったわ。二度目なのに濃くて多いわ……」

駒が言い、やがて呼吸を整えると起き上がって身繕いをした。

「裏に井戸があるけど、洗う？」

「いや、いい」

答えながら竹松も身を起こし、手早く着物を着た。そして脇差を帯び、隣の部屋に戻って余りの酒肴を摘んだ。

「喜兵衛は、この両替屋は長いのか」

「いえ、まだ二年目です。私もうちの人も駿河の出で」

相伴しながら駒が答えた。

確かに、喜兵衛は古くから田代藩に出入りしていたわけではなく、新右衛門と親しくなったのもここ一年ばかりのことだろう。

獲物を物色して渡り歩く流れ者というところか。

「さて、馳走になった」

竹松は大刀を取って立ち上がった。

と、それを見た駒が小首を傾げた。

「筑波様、本当のお武家じゃないのでは？」

彼女が言う。

「なに」

「武士の魂の刀を杖にして立ち上がるなんて、見たことないものですから」

「ああ、山出しの田舎侍などこんなものだ」

竹松は苦笑して答えた。

付け焼き刃の武士だから仕方ないが、実に駒も油断なくよく見ているものだと思った。

喜兵衛ともども、この駒も只者ではないようだった。

「またお目にかかれますか」

「ああ、用があれば出向いてくる」

「ならばお知らせするので、今度はこの家の方へ直に来て下さいませ」

駒が言い、彼を玄関まで見送りに来た。

「忙しいだろうから喜兵衛には挨拶せずに行く。よろしく言ってくれ」

竹松も草履を履いて言い、大刀を腰に帯びて出ていった。そしてチラと駿河屋の店先を見てから、真っ直ぐ藩邸へと向かったのだった。

三

「いま、少しよろしいですか」

竹松が屋敷の自室にいると、朱里が入ってきた。彼は慌てて居住まいを正し、新右衛門に対する以上に身を硬くした。

昼過ぎである。

昼餉(ひるげ)は駒の家で口にしたので厨(くりや)へは行かず、彼は新右衛門に報告だけし、湯殿で身体を流してから部屋で休息していたところだ。

「は、何でしょう」

言うと朱里は差し向かいに座ってきた。

「駿河屋へ行ったようですが、何か変わったことは」

そう訊(き)かれても、駒と情交したなどということは言えない。

「壺を運んで、昼餉を馳走になっただけですが」

竹松は何もなかったふうを装って答えた。

「そう、喜兵衛の様子は？」

「人の良さそうな商人を装っているけど、それは表の顔でしょうね。恐らく女房も、奉公人たちも」

「やはり、気づきましたか」

朱里が重々しく頷いて言う。

彼女の話では、喜兵衛は料理茶屋で新右衛門と知り合い、たまに碁の相手などして出入りするようになったらしい。

竹松も、智之進と喜兵衛の密談を打ち明けることにした。

「殿の江戸入りに合わせ、土蔵を襲う企みのようです。高飛びのためか、店も小さな借家でした。そして手引きのため、矢田智之進殿を巻き込んでいるようなのですが、殿が来るまでは黙っていようと思っていました」

「そこまで調べていましたか」

彼の言葉に、朱里も頷いて答えた。

やはり手練れの母娘がいるのだから、竹松が知っていることぐらい、とうに承知していたのだろう。

新右衛門は、喜兵衛を単なる好人物の商人と思っているらしく、特に朱里も彼にはまだ何も進言していないようだ。

だから全ては、隠密裡に解決するつもりなのかも知れない。

「殿が来たその晩か翌晩でしょう。私と茜、それにそなたが加われば安心です」

「一つお願いが」

「何か」

「何とか、矢田殿を罪に問わぬよう采配できればと思います。腕も度胸も中途半端ですが、不満を溜めて喜兵衛の言いなりになっているだけで、役職に就けば人が変わると思いますので」

竹松は、智之進への同情から口にした。

「確かに、藩内から咎人を出すのは良くありません。それに高飛びの前に、恐らく喜兵衛は矢田殿を殺めるつもりでしょう」

「そうでしょうね……」

「矢田殿は、殿が江戸入りしたあと、国許の供のものが帰参するとき、見聞のため同行するよう願い出ているようです。きっと、そのどさくさに逐電を図っているのでしょう」

やはり朱里もお見通しだった。だが実際、智之進は国許へ向かおうとするどころか、恐らくは土蔵破りの夜に亡き者にされるに違いなかった。

「どのような手筈で？」

竹松は訊きながら、朱里と差し向かいでいると、言いようのない淫気に股間が熱くなってきてしまった。

昼前に駒を相手に二度射精していても、相手が朱里となると、もう何日も抜いていないような高まりを覚えてしまうのだ。

「事前に食い止めたのでは、盗賊の一掃になりません。いずれ他藩や商家も迷惑を被ることになるでしょうから」

「では、迎え撃った上で捕縛を」

「そうです。その折、上手く矢田殿を巻き込まぬように」

「承知しました」

竹松は頷いた。あとは頼政が江戸へ来たら、茜と三人で暗躍すれば良いだけだろう。

話を終えると、すでに彼自身は痛いほど突っ張ってしまっていた。

「では明後日、殿の江戸入りの夜から見回りということで」

「あの……」

竹松は、腰を浮かせかける朱里を止めた。

「どうか、ほんの少しだけ……」

頬を熱くさせて言うと、朱里は小さく嘆息した。

「まだ足りないのですか」

座り直して言うので、どうやら喜兵衛の新造としたことぐらい察しているのかも知れない。

「いえ、その……」

「いいでしょう。淫気が溜まると、頭と体の動きも鈍るので」

朱里が応じてくれると、竹松は嬉々として床を敷き延べ、手早く脱ぎ去っていった。

しかし朱里は脱がないので、どうやら裾をめくるだけなのだろう。

彼は布団に仰向けになり、ピンピンに屹立した一物を露わにさせた。

「どうか足を……」

言うと朱里は足袋だけ脱いで立ち上がり、彼の顔の横に立った。

そして足を浮かせ、そっと顔に乗せてくれたのだ。

竹松は足裏の感触を顔中で味わい、舌を這わせながら揃った指の間に鼻を潜り込ませて嗅いだ。

やはり蒸れた匂いが濃く沁み付いて鼻腔が刺激され、彼は舌を挿し入れて指の股の汗と脂の湿り気を貪った。

足を交代してもらい、新たな味と匂いを堪能すると、やがて朱里は自分から彼の顔を跨ぎ、裾をめくりながらしゃがみ込んでくれた。

股間が鼻先に迫ると、両の内腿がムッチリと張り詰め、裾の中に籠もっていた熱気が悩ましく顔中を包み込んだ。

腰を抱き寄せて茂みに鼻を埋めて嗅ぐと、ふっくらと温かく蒸れた汗とゆばりの匂いが鼻腔を刺激してきた。

彼は胸を満たしながら舌を這わせ、息づく膣口の襞をクチュクチュ搔き回し、ゆっくりオサネまで舐め上げていった。

「く……」

小さく朱里が呻き、急激に潤いが増していった。

どんな淫法の手練れでも、やはりこの小さな突起を刺激されれば否応（いやおう）なく感じてしまうのだろう。もちろん敵同士ではないから、朱里も我慢するのを止めているだけである。

竹松は溢れる淫水をすすり、執拗（しつよう）にオサネを味わい、うっとりと匂いに酔いしれてから白く豊満な尻の真下に潜り込んだ。

顔中に弾力ある双丘を受け止め、谷間に鼻を埋め込むと、蕾に籠もった蒸れた匂いが胸に沁み込んできた。

充分に嗅いでから舌を這わせ、ヌルッと潜り込ませて滑らかな粘膜を探ると、モグモグと肛門が収縮して舌先が締め付けられた。

竹松が舌を蠢かせ、朱里の前も後ろも存分に味わうと、彼女は自分から身を起こしていった。

そして彼の股間に屈(かが)み込み、張り詰めた亀頭をしゃぶり、熱い息を股間に籠もらせてスッポリと呑み込んだ。

「ああ……」

竹松は快感に喘ぎ、朱里の口の中でヒクヒクと歓喜に幹を震わせた。

彼女も深々と含んで吸い付き、念入りに舌をからめて生温かな唾液にまみれさせてくれた。

何度かスポスポと濡れた口で摩擦し、やがて朱里は口を離して身を起こした。

そのまま前進して竹松の股間に跨がると、幹に指を添えて先端に陰戸を押し当て、ゆっくりと腰を沈み込ませていった。

やはり着物がシワになるといけないので、茶臼（女上位）が良いのだろう。

もちろん竹松も、下から朱里の顔を仰ぐのが好きだった。

ヌルヌルッと彼自身が根元まで滑らかに呑み込まれていくと、朱里はピッタリと股間を重ね、キュッと締め上げてきた。

「アア、気持ちいい……」

竹松はうっとりと喘ぎ、両手を伸ばして朱里を抱き寄せていった。

彼女も素直に身を重ね、上から唇を重ねてくれた。

彼はしがみつきながら舌をからめ、ズンズンと股間を突き上げはじめた。

朱里も合わせて腰を遣うと、溢れる淫水ですぐにも互いの動きがヌラヌラと滑らかになっていった。

「ンン……」

朱里が熱く呻き、息で彼の鼻腔を湿らせながら潤いを増していった。

そして彼が好むのを知っているので、口移しにトロトロと唾液を注いで飲ませてくれた。

竹松はうっとりと喉を潤し、摩擦と締め付けの中で急激に絶頂を迫らせた。

「ああ……、いい……」

朱里が口を離して喘ぎ、収縮を高めた。

彼は熱い白粉臭の吐息を嗅ぎながら、そのまま激しく昇り詰めてしまった。

「い、いく……！」

快感に口走り、熱い精汁をドクンドクンと勢いよくほとばしらせると、

「アア、感じる……」

朱里も噴出を受けて喘ぎ、ヒクヒクと痙攣を開始した。どうやら合わせて気を遣ってくれたようだ。

竹松は心ゆくまで快感を嚙み締め、最後の一滴まで出し尽くしていった。

満足しながら突き上げを弱め、グッタリと身を投げ出していくと、

「ああ……」

朱里も声を洩らし、力を抜いて遠慮なく身体を預けてきた。

まだ膣内が名残惜しげな収縮を繰り返し、彼は刺激にヒクヒクと幹を跳ね上げながら、甘く悩ましい吐息を嗅いで、うっとりと余韻に浸り込んでいったのだった。

重なったまま熱い息を混じらせ、彼は朱里の重みと温もりを味わいながら呼吸を整えた。

すると、朱里が顔を起こして囁いたのだ。

「なぜ、そなたではなく市助を選んだか分かる……？」

「え……？　わ、分かりません……」

「そなたの方が優しいからです。素破にとり、優しさは命取り。まあ図らずも、市助の方が先に逝ってしまったけれど」

朱里は言い、やがてゆっくりと身を起こしていったのだった。

四

「あの、今夜いいでしょうか……」

夕餉の膳を下げに来た小春が、モジモジと竹松に言った。

「ああ、いいよ。全て仕事が終わったらここへ来るといい」

「ええ……。でも何だか、こちらへ来るのは気が引けます。私の狭いお部屋に来て頂くのも申し訳ないのですが……」

彼は答えたが、やはり小春は女中部屋の並んだ一画を出て、藩士の部屋に来るのは躊躇いがあるようだ。

「いいさ、この部屋で構わないよ」

「そうですか。じゃ伺いますね」

「うん、湯殿で流す前に来るんだよ」

竹松が念を押すように言うと、小春は羞じらいながら小さく頷き、やがて床を敷き延べてから、空膳を下げて静かに出ていった。

その間に彼は湯殿で身体を流し、淫気を満々にさせて寝巻に着替え、可憐な町娘が来るのを待った。

いくらも待たないうちに、寝巻姿になった小春が、廊下で誰にも行き合わないよう警戒しながら急いで部屋に入ってきた。

頬が上気し、息が熱く弾んでいるので、かなり緊張して来たのだろう。

互いの淫気が伝わり合っているので、もう言葉など要らず、すぐにも竹松は全裸になると、小春の寝巻も脱がせて布団に仰向けに寝かせた。

形良い乳房が息づき、すでに期待と興奮に彼女の肌はうねうねと悶えはじめていた。

前は初めてで痛かっただろうが、後悔のない証（あか）しに、こうして自分から抱かれに来たのである。

「お殿様が来て少し経ったら、お暇を頂いて家に帰りますね」

「そう、じゃいよいよ婿を迎えるか」

小春が言うので、竹松は添い寝しながら答えた。

彼は腕枕してもらい、腋から漂う甘い匂いを嗅ぎながら、目の前で息づく膨らみに手を這わせていった。

「何だか、上手くやっていけるかどうか心配です、あん……」

愛撫され、小春がビクリと反応して喘いだ。

「ああ、すぐ慣れるから大丈夫だよ。もし変わった癖のある男だったら、また用にかこつけてここへ相談に来るといい」

「はい……、アア……」

乳首をいじられ、小春が熱気を揺らめかせながら声を上げた。

竹松はジットリと生ぬるく湿った小春の腋の下に鼻を埋め、濃厚に甘ったるい汗の匂いに噎せ返りながら、クリクリと指で乳首をいじった。

もう彼女はじっとしていられないようにクネクネと身悶え、会話も出来なくなったように息を弾ませた。

竹松も充分に腋の下を嗅ぎ、うっとりと胸を満たしてから移動してチュッと乳首に吸い付いていった。

　舌で転がしながら、もう片方の膨らみを優しく揉むと、

「アア、いい気持ち……」

　小春がヒクヒクと反応して喘いだ。くすぐったいだけだった初回と違い、もうすっかり一人前に感じるようになっていた。

　彼は左右の乳首を交互に含んで舐め回し、顔中で張りのある膨らみを味わってから、滑らかな肌を舐め下りていった。

　愛らしい臍(へそ)を探り、腰骨の周辺に舌を這わせると、

「あう、くすぐったい……」

　小春が腰をよじって呻いた。竹松は太腿の付け根から脚をたどり、縮こまった指の間に鼻を押しつけて嗅ぎながら、足裏を舐め回した。

　指の股に濃く沁み付いて蒸れた匂いで鼻腔を満たし、舌を割り込ませて汗と脂の湿り気を味わった。

「アア……！」

　小春は朦朧(もうろう)として喘ぎ続け、どこに触れても敏感に反応していた。

　彼は両足ともしゃぶり尽くし、脚の内側を舐め上げていった。

白くムッチリと張りのある内腿を通過し、股間に迫ると、はみ出した花びらはすでにヌラヌラと大量の蜜汁に潤っていた。

若草の丘に鼻を埋め込むと、生ぬるい汗とゆばりの匂いが鼻腔を刺激し、甘美な悦びが胸に沁み込んでいった。

嗅ぎながら舌を挿し入れ、生娘（きむすめ）でなくなったばかりの膣口をクチュクチュ掻き回し、淡い酸味のヌメリをすすりながらゆっくりと小粒のオサネまで舐め上げていくと、

「アアッ……。そこ、いい気持ち……」

小春が身を反らせて喘ぎ、内腿で彼の顔を挟み付けてきた。

充分に味と匂いを貪ってから、彼女の両脚を浮かせて尻の谷間に鼻を埋めて嗅ぐと、秘めやかに蒸れた匂いが悩ましく鼻腔を刺激してきた。

舌を這わせてヌルッと潜り込ませ、滑らかな粘膜を探ると、

「あうう、そこ駄目……」

小春が肛門で舌先を締め付けながら呻いた。

彼は舌を出し入れさせるように動かしてから脚を下ろし、再び蜜汁が大洪水になっている陰戸に戻り、舐め取ってからオサネに吸い付いた。

「も、もう、どうか……」

小春が挿入をせがむように言うので、竹松も身を起こして前進し、彼女の胸に跨がった。

「入れる前に舐めて濡らして」

言いながら前屈みになり、鼻先に股間を迫らせると、小春は自分で幹を握って下向きにさせ、張り詰めた亀頭にしゃぶり付いてくれた。

幹を両手で挟んで先端をしゃぶる様子は、何やら子猫が獲物を捕らえて貪っているようだ。

深く押し込んで、先端がヌルッとした喉の奥の肉に触れると、

「ンン……」

小春が小さく呻き、それでもチロチロと舌を蠢かせながら、幹を締め付けて吸ってくれた。竹松は股間に熱い息を受けながら、口と交接するようにスポスポと摩擦して高まった。

やがて股間を引き離すと、彼は小春の下半身に戻った。

「じゃうつ伏せになって、尻を突き出して。どんな格好で情交を好む男か分からないからね」

竹松が言うと、小春も素直にうつ伏せになり、四つん這いで尻を突き出してきた。彼は膝を突いて股間を尻に迫らせ、後ろ取り（後背位）で膣口に押し込んでいった。

ヌルヌルッと根元まで挿入すると、尻の丸みが股間に密着して弾み、何とも心地よかった。

「あう……」

小春が顔を伏せて呻き、白い背を反らせてキュッと締め付けてきた。

竹松も、向かい合わせとは違う感覚を味わい、温もりと感触の中でズンズンと腰を突き動かした。

「痛くないかな？」

「ええ、もっと強くしても大丈夫です……」

気遣って言うと、小春が潤いと締め付けを強めて答えた。

やはり男が思っているより、女の方がずっと貪欲(どんよく)で成長も早いのだろう。

竹松も後ろから貫きながら彼女の背に覆(おお)いかぶさり、両脇から回した手で乳房を揉みしだいて髪の匂いを嗅いだ。

もちろん顔が見えないので物足りず、彼は肉襞の摩擦と尻の丸みを存分に味わってから、身を起こしていったんヌルッと引き抜いた。

「アア……」

小春が声を洩らし、支えを失ったように突っ伏した。

その身体を横向きにさせ、上の脚を真上に持ち上げ、彼は小春の下の内腿に跨がり、再び挿入して上の脚に両手でしがみついた。

「あぁッ……」

横向きになった小春が喘ぎ、またきつく締め付けてきた。

この松葉くずしの体位は、互いの股間が交差しているので密着感が高まり、擦れ合う内腿の感触も心地よかった。

竹松は何度か腰を突き動かしてから、また引き抜くと、あらためて小春を仰向けにさせた。

仕上げは本手(ほんて)（正常位）である。恐らく、若い婿もこの体位を主にすることだろう。

彼は股間を進め、充分すぎるほど濡れている陰戸に、ヌルヌルッと一気に根元まで押し込んでいった。

「アア……。も、もう抜かないで下さい……」

股間を密着させると、小春が言って両手を伸ばしてきた。

竹松も脚を伸ばして身を重ねていくと、下から小春が両手で激しくしがみついてきた。

胸で乳房を押し潰すと心地よい弾力が感じられ、恥毛が擦れ合い、コリコリする恥骨の膨らみも伝わってきた。

五

「強く突いても平気かな……？」

のしかかった竹松が囁き、小刻みに腰を突き動かしはじめると、

「ええ、うんと強くして下さい……」

小春が収縮を強めて答えた。

彼も徐々に動きながら、上からピッタリと唇を重ね、弾力と湿り気を味わいながら舌を挿し入れていった。滑らかな歯並びを舐めると、小春も歯を開いてチュッと彼の舌に吸い付いてきた。

「ンン……」

彼女が熱く鼻を鳴らすと、竹松の鼻腔が心地よく湿り、互いにチロチロと舌を蠢かせて舐め合った。

溢れる淫水で動きが滑らかになり、クチュクチュと摩擦音が聞こえてくると、その音に興奮を高めたように彼女も腰を突き上げてきた。

「アア。奥が熱くて、何だかいい気持ち……」

小春が口を離して喘ぎ、どうやら二回目にして本格的な快感を覚えはじめているようだった。

竹松は、彼女の喘ぐ口に鼻を押し込み、湿り気ある濃厚に甘酸っぱい息を胸いっぱいに嗅ぎ、いつしか股間をぶつけるように激しく動いてしまった。

それでも、本格的に気を遣るわけでもなさそうだから、彼も我慢せず絶頂に向かいはじめた。

果実臭の息を嗅ぎながら肉襞の摩擦に高まり、やがて竹松は大きな絶頂の快感に身を委ねていった。

「い、いく……」

昇り詰めて口走るなり、ありったけの熱い精汁がドクンドクンと勢いよく内部にほとばしった。

「あう、熱い……。何だか、変になりそう……。アアーッ……！」

すると噴出を感じた小春が声を上ずらせ、ガクガクと狂おしい痙攣を開始したではないか。

どうやら淫法の修行者でも、娘の大いなる成長までは読めないようで、完全に小春は膣感覚で気を遣ってしまったようだった。

竹松は増した収縮の中で快感を味わい、心置きなく最後の一滴まで出し尽くしていった。そして小春の成長に驚きながら満足し、彼は徐々に動きを弱め、力を抜いて彼女にもたれかかった。

「アア……、今のは何。すごかった……」

小春も、自身に芽生えた大きな快感に戦（おのの）きながら声を震わせ、グッタリと身を投げ出した。

まだ膣内が息づき、刺激された一物が内部でヒクヒクと過敏に跳ね上がった。

竹松は身体を預けながら、小春の甘酸っぱい吐息を嗅いで鼻腔を刺激され、うっとりと余韻を味わった。

「どうやら気を遣ったようだ。これからは、するたびにもっと気持ち良くなる」

竹松は囁き、重なったまま互いに呼吸を整えた。

ようやく呼吸を整え、彼は懐紙を手にそろそろと身を起こして股間を離した。

そして双方の股間を拭ったが、もう小春は出血しておらず、膣口も満足げに息づいていた。

あとは婿との初夜で無垢のふりをするだけだが、それほど女を知っていない男なら問題はないだろう。たとえ少々の経験があったにしても相手は商売女だろうから、さして素人女との差が分かるとも思えない。

小春はしばし余韻に浸っていたが、ようやく、そろそろと身を起こして寝巻を着た。

「じゃ、湯殿に行ってから寝ることにします」

「ああ、おやすみ」

彼が答えると、小春は静かに部屋を出て行った。

竹松は行燈を消し、まだ小春の匂いの残っている布団に横たわり、そのまま眠りに就いたのだった……。

――翌朝、竹松は起き出し、朝餉を済ませた。

いよいよ明日は頼政の江戸入りだから、今日も一日掃除となるだろう。

と、そこへ茜が入ってきた。

「いよいよ明日ですね」

彼女が言う。

もちろん主君の江戸入りではなく、すでに朱里と打ち合わせていた盗賊のことを言っているのだろう。

「ああ、殿のお着きは日暮れ前になろう。恐らく夜は宴会だから、喜兵衛たちも藩士たちが酔って寝静まった頃合いを襲ってくると思う」

「ええ」

茜も重々しく頷いて、先を続けた。

「ご家老の話では、明後日にも、殿は姫を連れて登城します。そこでいよいよ婿殿をお決めになるかと思います」

「なるほど、ではなおさら明晩は何事もなく済ませなければな」

「はい、そのため恐らく姫は、今宵(こよい)また竹さんを寝所に呼ぶことでしょう」

「私の方はいつでも構わない」

竹松は答えながら、今は目の前にいる茜にムラムラと激しい淫気を湧かせてしまった。

寝起きだろうが真っ昼間だろうが、彼の淫気は常に旺盛だった。しかも挿入快感を知ってからは、なおさら狂おしく我慢しきれない衝動に駆られてしまうのである。

むろんそのことが働きに差し障るわけではないし、むしろ淫気が解消し落ち着いていた方が、明晩も存分に働けるというものだろう。

「どうか、少しだけ……」

甘えるように言ってにじり寄ると、

「駄目、今日はみな忙しいのですよ。まして今宵は姫様と出来るのに」

茜がにべもなく突っぱねた。

「長く我慢すれば良いというものではない。年中している方が、もっと燃えるのだから」

「じゃ急いでお口でなら」

「それでもいい」

竹松は答えると、着流しの裾をめくって下帯を取り去り、すでに勃起した一物を露わにして横になった。そして身を寄せた茜を添い寝させ、まずは指で愛撫してもらいながら唇を重ねた。

舌をからめると、茜も上からトロトロと生温かな唾液を注いでくれた。

竹松はうっとりと喉を潤し、潜り込んだ茜の舌にチュッと吸い付いた。

「ンン……」

彼女は熱く呻き、竹松の鼻腔を息で湿らせながら、巧みに指を蠢かせ、彼自身を最大限に高まらせていった。

竹松が彼女の裾に手を伸ばそうとしても拒まれたので、やはり本当に忙しいようだ。

「口を開いて」

唇を離して囁くと、茜も口を開いて彼が望むように鼻を覆ってくれた。

竹松も里の果実の匂いのする、口の中の匂いを胸いっぱいに嗅いで絶頂を迫らせていった。

「い、いきそう……」

濃厚に甘酸っぱい吐息で鼻腔を刺激されながら口走ると、すぐに茜も顔を移動させ、張り詰めた亀頭をスッポリと含んでくれた。

そのまま喉の奥までモグモグとたぐり、幹を丸く締め付けて吸い、ネットリと舌をからめてきた。

さらに顔を小刻みに上下させ、スポスポと強烈な摩擦を繰り返されると、もう竹松も堪らず、唾液に濡れた幹をヒクつかせながら昇り詰めてしまった。

「いく……。アア、気持ちいい……」

彼は朝一番に得た絶頂の快感に喘ぎ、熱い大量の精汁をドクンドクンと勢いよくほとばしらせた。

「ク……」

喉の奥に噴出を受け、茜が小さく呻きながら、強くチューッと吸い出してくれた。まるでふぐりから直に吸い出されているような、激しい快感で、

「あう、すごい……」

彼は魂まで抜かれる思いで呻いた。

たちまち竹松は快感に身悶えながら、最後の一滴まで出し尽くした。

「ああ……」

満足しながらグッタリと身を投げ出すと、茜も動きを止め、飛び込んだ精汁をコクンと飲み干し、口を離してなおもチロチロと鈴口を舐め回して綺麗にしてくれた。

「も、もういい。有難う……」

竹松が過敏に幹を震わせ、降参するように腰をよじっていると彼女も舌を引っ込め、身を起こした。

「じゃ今日は藩士たちと一緒に働いて下さいね」

茜はチロリと舌なめずりして言い、立ち上がると静かに部屋を出て行ってしまった。

竹松は激しい動悸の中で荒い呼吸を繰り返し、余韻に浸りながら遠ざかる茜の足音を聞いていたのだった……。

第五章　二人がかりの夜

一

「では、姫様の寝所へ」

　夜、朱里が竹松の部屋へ迎えに来て言った。

　今日は一日中、彼も屋敷内や庭の掃除に専念していた。

　今日明日は、二日続けて風呂を焚（た）くことになっている。

　今宵（こよい）は、みな身を清めて明日の迎えに備え、もちろん明日は水を入れ替えて焚き、頼政や国許の藩士たちを労（ねぎら）うのだ。

　竹松も風呂と夕餉（ゆうげ）を済ませ、すでに彼も朱里も寝巻姿になっていた。

　期待に股間を熱くさせながら部屋を出ると、朱里について廊下を進み、奥向きへと行った。

しかし千代の寝所の前に来ると、朱里は引き返さず、一緒に中に入ってきたのである。

互いに膝を突くと、布団に座っている千代に平伏した。

「ああ、竹松。朱里は私が呼んだのだ。今宵は三人でしたい」

怪訝そうにしている彼に、千代が言った。

（さ、三人で……）

千代の言葉に竹松は、さらなる淫気を催した。

何しろ以前から千代の身の回りの世話をしている朱里は、彼女にとって最も頼りになる側女だろう。女同士という羞恥も戸惑いも捨て、朱里とともに男を学びたいようだった。

もちろん朱里もすでに承知しているように、顔色一つ変えていない。

「承知致しました」

竹松が答えると、千代が寝巻を脱ぎ去った。

それに合わせて朱里も脱いでいったので、彼も帯を解いて手早く全裸になっていった。

妖しい期待に、彼自身はピンピンに張り詰めている。

「では竹松、ここへ」

千代が言って場所を空けたので、彼も恐る恐るにじり寄り、姫の温もりの残る布団に仰向けになった。

すると、同じく一糸まとわぬ姿になった千代と朱里が左右から彼を挟み付けるように身を寄せてきた。

「じっとしていて」

朱里が囁き、すでに申し合わせていたように同時に屈み込み、竹松の両の乳首にチュッと吸い付いてきたのだった。

「あう……」

竹松は左右同時に刺激を受け、熱い息で肌をくすぐられながら思わず呻いた。

「このように、殿方も乳が感じますので」

朱里が千代に教えていた。

あるいは婿の最有力候補の旗本あたりが、淫気が薄い場合を見越して愛撫を学ばせているのかも知れない。

千代も頷き、あらためて二人で彼の左右の乳首を吸い、チロチロと舌を這わせてきたのである。

「ああ、どうか、嚙んで下さいませ……」

快感に任せて言うと、二人も綺麗な歯並びでキュッと乳首を嚙んでくれた。

「あうう、もっと強く……」

竹松が甘美な刺激に身悶えて言うと、二人はさらに力を込め、キュッキュッと咀嚼するように歯を蠢かせた。

確かに乳首は感じるもので、その刺激が心地よく股間に伝わってきた。

そして充分に愛撫すると、二人は口を離した。

「殿御に望まれても、あまり強くしてはなりませんよ」

朱里は言い、さらに彼の肌を舐め下りていくと、千代も同じように舌を這わせてくれた。

もちろん婿にしているわけではないので、朱里も千代も彼の脇腹や下腹にキュッと歯並びを食い込ませてくれた。

「アア……」

竹松は喘ぎ、何やら二人の美女に全身を食べられていくような興奮と快感に包まれた。すると驚いたことに二人の愛撫は股間を避け、腰から脚を舐め下りていったのである。

まるで日頃から竹松が女にしているような愛撫の順序で、肝心な部分を後回しにし、しかも二人はためらいなく移動し、同時に彼の足裏を舐め回してきたのだった。

さらに両の爪先がしゃぶられるにいたり、

「い、いけません。そのような……」

彼は畏(おそ)れ多さに声を震わせたが、二人は一向に構わず全ての指の股にヌルッと舌を割り込ませてきたのである。

「あう……」

竹松はヒクヒクと幹を震わせ、生温かな泥濘(ぬかるみ)でも踏んでいるような感覚に腰をよじらせて悶えた。自分が女にする分には良いが、されるというのは申し訳ない快感があった。

まして千代姫が、自分の足指を含むなど考えられないことである。

やがて両足ともしゃぶり尽くすと、二人は口を離して彼を大股開きにさせ、同時に脚の内側を舐め上げてきた。

左右の内腿にもキュッと歯が立てられ、そのたびに彼はウッと呻いて身を強(こわ)ばらせた。

　二人が頬を寄せ合い、同時に股間に迫ってくると、朱里が彼の両脚を浮かせ、先に尻の谷間に舌を這わせてきたのだ。

「く……」

　ヌルッと朱里の舌が潜り込むと、彼は妖しい快感に呻きながらキュッと肛門を締め付けた。内部で舌が蠢くたび、鈴口から粘液を滲ませた幹がヒクヒクと上下した。

　そして朱里が口を離すと、まるで味見を終えたのを確認したように千代も舌を這わせ、同じようにヌルッと潜り込ませてきたのである。

「あう、姫様……」

　竹松は畏れ多い快感に呻き、姫君の舌をモグモグと肛門で締め付けた。

　続けて舌が入ると、それぞれの感触や蠢きの違いが分かり、贅沢すぎる快感に激しく興奮が高まった。

　千代も熱い鼻息でふぐりをくすぐりながら舌を蠢かせ、ようやく口を離すと脚が下ろされた。

　二人は再び頬を寄せ合い、同時にふぐりにしゃぶり付き、それぞれ睾丸を舌で転がしながら、混じり合った熱い息を股間に籠もらせた。

すっかり心の通じ合った二人は女同士の舌が触れ合っても一向に気にならず、やがて身を進めて肉棒を舐め上げてきたのだった。

彼自身の裏側と側面を、二人の舌が滑らかにたどって先端に達してきた。

そして二人で粘液の滲む鈴口をチロチロと舐め回し、張り詰めた亀頭にも同時にしゃぶり付いた。

さらに二人は交互に亀頭を含んでスポスポと吸い付き、舌をからめて摩擦してきたのだ。

これも代わる代わる含まれると、口の中の温もりや感触が違い、彼はそのどちらにも激しく反応した。

「アア、い、いきそう……」

急激に絶頂を迫らせた竹松が言うと、それでも二人は強烈な摩擦を繰り返してくれた。どうやら婿の精汁を口に受けることも、姫に学ばせようというのかも知れない。

それならと彼も堪えるのを止め、まずは快感に専念した。

どうせ目の前に美女が二人もいるのだからすぐにも回復し、何度でも出来るだろう。

「い、いく……。ああッ……！」

竹松は、もうどちらに含まれているかも分からない朦朧とした快感の中、とうとう昇り詰めて声を洩らした。同時に、熱い大量の精汁がドクンドクンと勢いよくほとばしり、

「ク……、ンン……」

千代が喉の奥を直撃されて呻き、驚いたように慌てて口を離した。

どうやら姫君の口に思い切り放ってしまったらしい。

すかさず朱里が亀頭を含み、上気した頰をすぼめ、余りの精汁を吸い出してくれた。

「アア……」

竹松は溶けてしまいそうな快感の中、喘ぎながら心置きなく全て出し尽くしてしまった。

彼がグッタリとなると朱里も動きを止め、含んだままゴクリと精汁を飲み込むと口を離し、なおも幹をしごきながら濡れた鈴口を舐め回した。

すると千代も一緒に顔を寄せて舌を這わせたので、口に飛び込んだ濃い第一撃は飲み干してしまったのだろう。

「も、もういいです……」

竹松は腰をよじりながら呻き、ヒクヒクと過敏に幹を跳ね上げた。

ようやく二人も舌を引っ込めて顔を上げ、彼は身を投げ出したまま、いつまでも治まらない呼吸と動悸を繰り返しながら、うっとりと快感の余韻に浸り込んでいったのだった。

二

「さあ、早く元通りになさい」

朱里が言い、いよいよ挿入の手本を示そうというのだろう。

「そ、その前に足を……」

竹松が言うと朱里も頷き、千代を支えて立ち上がった。そして仰向けの彼の顔の左右に立つと、朱里が片方の足を乗せてきたので、千代も彼女に摑まりながら同じようにした。

「ああ……」

竹松は二人分の足裏を顔中に受けて喘ぎ、それぞれに舌を這わせ、指の間に鼻を埋め込んで蒸れた匂いを貪った。

二人とも、まだ入浴前らしく、指の股は汗と脂に湿っていた。

どうやら入浴は、寝しなの仕上げにするつもりらしい。

彼は二人分の足指をしゃぶり尽くし、足を交代してもらい、そちらも新鮮な味と匂いを貪った。

「では陰戸を……」

二人が足を離したので言うと、やはり先に朱里が手本に跨がり、彼の顔にしゃがみ込んできた。

ムッチリと張り詰めた左右の内腿の中心部が鼻先に迫り、匂いを含んだ熱気が竹松の顔中を包み込んだ。彼が茂みに鼻を埋め込み、蒸れた汗とゆばりの匂いでうっとりと胸を満たしながら舌を這わせると、膣口は大量の淫水に熱くヌラヌラと潤っていた。

挿入の手本も示すのだから、朱里も充分に濡らしているのだろう。

茜が生まれ出た膣口の襞を掻き回し、オサネまで舐め上げると朱里の下腹がヒクヒクと波打った。

彼も充分に味わってから、朱里の尻の真下に潜り込んでいった。

顔中に白く丸い双丘を受け止め、谷間の蕾に鼻を埋めて嗅ぐと、やはり秘めやかに蒸れた匂いが沁み付いて鼻腔が刺激された。

嗅いでから舌を這わせ、さっきされたようにヌルッと潜り込ませて滑らかな粘膜を探った。

「く……」

朱里が小さく呻き、キュッと肛門で舌先を締め付けてきた。

やがて中で舌を蠢かせると、頃合いとみて朱里が股間を引き離した。

すかさず千代が跨がり、厠のようにしゃがみ込んできた。

鼻先に陰戸が迫り、見上げるとはみ出した花びらが露を宿していた。

腰を抱き寄せ、茂みに鼻を埋めると、やはり蒸れた汗とゆばりの匂いが馥郁と鼻腔に広がった。

本当に、姫君でも町娘でも素破でも、自然のままにしていれば似たような匂いになるものだ。

竹松は匂いを貪ってから舌を這わせ、淡い酸味のヌメリをすすり、膣口からオサネまで舐め上げていった。

「アア……、何と良い気持ち……」

千代が喘ぎ、キュッと股間を押しつけてきた。

彼も味と匂いを堪能してから、尻の真下に潜り込んで蕾に鼻を埋めて嗅いだ。

悩ましい匂いを貪ってから舌を這わせ、ヌルッと潜り込ませて滑らかな粘膜を搔き回すと、

「あう……」

千代が呻き、やはりきつく肛門で舌先を締め付けた。

竹松は淡く甘苦い粘膜を探り、ようやく舌を離すと千代も身を起こして向き直った。

すると朱里が仰向けの彼の股間に跨がり、先端に割れ目をあてがうとゆっくり腰を沈み込ませたのだ。挿入の様子を、千代が屈み込み、目をキラキラさせて覗(のぞ)き込んでいる。

ヌルヌルッと根元まで納まり、朱里の股間が密着してくると、

「ああ……」

竹松は温もりと感触に包まれながら喘いだ。

「茶臼(ちゃうす)(女上位)は、自分からしてはなりませんよ。あくまで殿御に求められたときだけです」

朱里が言い、キュッキュッと心地よく締め上げてきた。

相手の性格にもよるだろうが、次代の主君とはいえ婿だから、案外千代は奔放(ほんぽう)に出来るかも知れない。

「でも上になれば、好きなように動けるのが良いのです」

朱里は言い、何度かグリグリと股間を擦(こす)りつけ、股間を上下させて心地よい摩擦を繰り返してくれた。

しかし彼女は気を遣(や)るまで動かず、手本だけ示したら腰を上げ、千代のために場所を空けたのだった。

すぐに千代が跨がり、朱里の淫水に熱くまみれた先端に割れ目を当て、自分からゆっくり腰を沈み込ませた。

再び彼自身は、さらに締め付けと温もりのある陰戸にヌルヌルッと根元まで呑み込まれていった。

「ああ……！」

ぺたりと座り込んだ千代が顔を仰(の)け反(ぞ)らせて喘ぎ、きつく締め上げた。

竹松も、肉襞の摩擦と収縮に包まれながら激しく高まってきた。

中でヒクヒクと幹を震わせると、千代が身を重ね、朱里も添い寝して様子を見守った。

もっとも千代は前から虎太郎で体験しているから、もう教えることなど何もなく、あとは婿取りの時に無垢な振りをさせるだけだろう。それも朱里が付いているのだから、小春よりずっと容易いことに違いない。

竹松は潜り込むようにして、千代の左右の乳首を吸い、舌で転がしながら顔中で膨らみの感触を味わった。

そして横にいる朱里の胸も引き寄せ、両の乳首を含んで舐め回した。

二人分の乳首を充分に味わうと、さらに彼はそれぞれの腋の下にも鼻を埋め込み、湿った腋毛に籠もる濃厚に甘ったるい汗の匂いに噎せ返った。

やはり二人分の匂いとなると、悩ましく鼻腔が刺激され、彼は堪らずズンズンと股間を突き上げはじめてしまった。

「アア……、いい気持ち……」

千代も合わせて腰を遣いながら喘ぎ、自分から顔を寄せて、上からピッタリと彼に唇を重ねてきたのである。

竹松は朱里の顔も抱き寄せると、彼女も厭わず一緒になって唇を割り込ませ、三人で舌をからめはじめてくれた。

これも贅沢な快感である。

三人が鼻を突き合わせているので、二人の美女の混じり合った息で彼の顔中が湿り、果実臭と白粉臭が彼の鼻腔を悩ましく搔き回してきた。

竹松は二人分の生温かな唾液をすすって喉を潤し、それぞれ滑らかに蠢く舌を舐め回した。

突き上げを強めていくと、溢れる淫水ですぐにも動きが滑らかになり、互いの股間がビショビショになった。

収縮と潤いが増すとクチュクチュと音が聞こえ、

「アア……、感じる……」

千代が口を離して熱く喘いだ。

さらに彼は二人の口に鼻を押しつけ、混じり合った濃厚な吐息でうっとりと胸を満たしながら、激しく絶頂を迫らせていった。

すると一足先に、千代が激しく気を遣ったのである。

「い、いい……。アアーッ……！」

彼女が声を上ずらせて喘ぐと、全身がガクガクと狂おしく痙攣した。

膣内の収縮も増し、たちまち竹松も続いて昇り詰めてしまった。

「く……」

快感に呻きながら、熱い精汁を勢いよく中に放つと、

「あう、熱い。もっと……！」

噴出を感じた千代が駄目押しの快感に呻き、キュッキュッときつく締め上げてきたのだ。

竹松もドクンドクンと射精しながら、二人の顔を引き寄せ、混じり合った吐息を嗅ぎ、それぞれの口に鼻を擦りつけて唾液でヌルヌルにしてもらいながら、大きな快感を嚙み締め続けた。

ようやく最後の一滴まで出し尽くすと、徐々に突き上げを止めて力を抜き、グッタリと身を投げ出していった。

「ああ……。今までで、一番良かった……」

千代も声を洩らして全身の強ばりを解き、グッタリともたれかかってきた。

竹松は上からの重みと横からの温もりを感じながら、まだ息づく膣内でヒクヒクと過敏に幹を震わせた。

そして二人分の唾液と吐息の匂いに鼻腔を刺激されながら、うっとりと快感の余韻に浸り込んでいったのだった。

三

「では、どうか肩を跨いで、ゆばりを放って下さいませ……」

湯殿で股間を洗い流すと、竹松が簀の子に腰を下ろして二人に言った。

朱里と千代も、素直に彼の左右の肩に跨がり、顔に向けて股間を突き出してくれた。

竹松も左右から迫る割れ目を交互に舐めたが、残念ながら濃厚だった匂いは湯上がりの香りに取って代わられてしまった。

やがて先に朱里の柔肉が蠢き、チョロチョロと熱い流れがほとばしってきたので、彼は舌に受けて味わった。

「ああ、出る……」

すると続いて千代が喘ぎ、か細い流れを放ってきた。

そちらに顔を向けて口に受けると、やはり淡い味と匂いが感じられ、その間は朱里の流れが肌に浴びせられていた。

彼は交互に二人の流れを味わい、うっとりと喉を潤して回復した。

これも二人分だから、それなりに濃い匂いになって混じり合い、悩ましく鼻腔を刺激してきた。

間もなく、二人の流れがほぼ同時に治まると、彼はポタポタ滴る雫をすすり、残り香の中でそれぞれの陰戸を舐め回した。

「もう良いでしょう」

朱里が言い、股間を引き離すと千代もそれに倣った。

「お疲れ様でした。もう下がって良いです」

朱里は言いながら、チラと彼の回復を見て、

「まだ足りなければ茜に頼みなさい」

そう言ったので、竹松も身体を流してから辞儀をし、先に湯殿を出ることにしたのだった。

明日は千代も島田に結うので、これから髪を洗ったり朱里の世話は山ほどあるのだろう。

身体を拭いて寝巻を羽織り、竹松が暗い廊下を進んで自室に戻ると、やはり寝巻姿の茜が来てくれていた。まるで彼の回復を知り、待ちかねていたような様子である。

「ああ、良かった……」

竹松は言い、すぐにも寝巻を脱いで全裸になった。朝は茜に口でしてもらっただけなので、やはり一つになって放ちたかったのだ。

もちろん相手が変われば、淫気は何倍にもなって全身を包み込んでくる。

しかも二人を相手にするのも楽しかったが、やはり秘め事は一対一の密室に限ると、あらためて彼は実感していた。

茜もすぐに一糸まとわぬ姿になり、布団に仰向けになってくれた。

甘ったるい匂いが漂っているので、やはり入浴前で、彼女は朱里や千代が出たあと、最後に湯殿へ行くつもりらしい。

竹松は茜の足に屈み込み、舌を這わせながら指の間に鼻を押しつけ、汗と脂の蒸れた匂いを貪った。

茜も、彼がどこから舐めようが動じることはなくじっとしていた。

竹松は両足とも味と匂いを堪能し、しゃぶり尽くしていった。

そして股を開かせて脚の内側を舐め上げ、ムッチリとした白い内腿をたどって股間に迫った。

今宵は茜も最後まで期待しているので、陰戸はネットリと潤っていた。

先に両脚を浮かせて尻の谷間に鼻を埋め、顔中で双丘の弾力を味わいながら、蕾に籠もる秘めやかに蒸れた匂いを嗅いだ。

胸を満たしてから舌を這わせ、ヌルッと潜り込ませて粘膜を舐めると、

「く……」

茜が小さく呻き、キュッと肛門で舌先を締め付けてきた。

竹松は充分に舌を蠢かせてから脚を下ろし、濡れた陰戸に口を当て、茂みに鼻を擦りつけて蒸れた匂いで胸を満たした。

舌を挿し入れて淡い酸味のヌメリを掻き回し、膣口からゆっくりオサネまで舐め上げていくと、

「アア……」

茜が声を洩らし、内腿で彼の両頬を挟み付けてきた。そして竹松の身体を引き寄せてきたので、彼も陰戸に顔を埋めながら移動し、股間を彼女の顔に突き付けていった。

互いの内腿を枕にした二つ巴である。

茜も幹に指を添え、パクッと亀頭にしゃぶり付き、舌を這わせながらモグモグと喉の奥まで呑み込んでいった。

互いに最も感じる部分を貪り合い、相手の股間に熱い息を籠もらせた。

茜がスポスポと摩擦しはじめると、熱い鼻息がふぐりをくすぐった。

彼も執拗にオサネを舐め回してはヌメリをすすり、チュッと強く吸い付くと、

「ンン……」

感じた茜が小さく呻き、反射的にチュッと強く吸引してきた。

やがて彼自身は茜の清らかな唾液に生温かくまみれ、充分に高まってヒクヒクと脈打った。

そして茜がチュパッと口を引き離したので、竹松も身を起こして彼女の股を開かせ、股間を進めていった。

今日の仕上げは本手（正常位）である。

先端を濡れた陰戸に擦りつけ、位置を定めてゆっくり押し込んでいくと、一物はヌルヌルッと滑らかに根元まで吸い込まれていった。

「アアッ……！」

茜が熱く喘ぎ、彼が股間を密着させるとキュッと締め付けてきた。

竹松は温もりと感触を味わいながら屈み込み、左右の乳首を順々に含んで舐め回し、顔中で膨らみを味わった。

両の乳首と柔らかな乳房を堪能すると、彼は茜の腕を差し上げて、和毛の煙る腋の下に鼻を埋め込んでいった。

生ぬるく甘ったるい汗の匂いに酔いしれて舌を這わせると、茜がクネクネと身悶え、待ち切れないように股間を突き上げはじめた。

竹松も腰を遣い、何とも心地よい摩擦を味わいながら、茜の首筋を舐め上げ、唇を重ねていった。

「ンン……」

茜が小さく呻き、下から両手を回してしがみつきながら舌をからめた。

竹松も茜の生温かな唾液に濡れ、チロチロと滑らかに蠢く舌を味わい、徐々に腰の動きを強めていった。

「ああ、いきそう……」

茜が口を離して喘ぎ、彼は熱く甘酸っぱい吐息に鼻腔を刺激されながら急激に絶頂を迫らせた。

膣内の収縮も最高潮になり、粗相したかのように大量に溢れる淫水が互いの股間を濡らしてクチュクチュと鳴った。

もう堪らず、先に竹松は大きな絶頂の快感に貫かれてしまった。

「く……、気持ちいい……！」

彼は口走り、ありったけの熱い精汁をドクンドクンと勢いよく注入すると、

「い、いく……。アアーッ……！」

噴出を受けた茜も声を上げ、ガクガクと狂おしく痙攣して気を遣った。

竹松は締まる膣内で激しく律動しながら、心ゆくまで快感を噛み締め、最後の一滴まで出し尽くしていった。

すっかり満足しながら動きを弱め、グッタリと身体を預けていくと、

「ああ……」

茜も満足げに声を洩らし、硬直を解きながら身を投げ出していった。

互いの動きが完全に止まっても、膣内の艶めかしい収縮と、過敏な幹の震えは続いていた。

彼はもたれかかりながら、茜の喘ぐ口に鼻を押し込み、甘酸っぱい濃厚な吐息で胸を満たし、うっとりと快感の余韻を味わった。

やがて呼吸を整え、そろそろと身を起こして股間を引き離していくと、茜が彼を仰向けにさせ、懐紙を手にして自分で陰戸を拭いながら、淫水と精汁にまみれた亀頭にしゃぶり付いてくれた。

「あうう。も、もういいよ、有難う……」

舌で綺麗にしてもらい、竹松はクネクネと腰をよじって降参した。

ようやく茜も顔を上げ、彼に布団を掛けると手早く寝巻を羽織り、そのまま静かに部屋を出て行ったのだった……。

四

「ああ、竹松、また駿河屋へ行ってくれ。先日は壺で過分に金子をもらっているからな、この茶碗を持って行ってやれ」

翌朝、竹松は新右衛門に言われ、茶碗の入った包みを渡された。

今日はいよいよ頼政の江戸入りだ。藩士たちは総出で塵一つないよう掃除に大童だった。

それでも到着は陽が傾く頃になろう。

「は、承知致しました」

竹松は恭しく受け取り、辞儀をして藩邸を出た。

そして駿河屋に向かいながら、あの妖婦への期待に股間を熱くさせた。

恐らく今宵起きるであろう騒動への緊張はない。何しろ朱里と茜がいるのだし、商人のふりをしている駿河屋の奉公人たちが全て手下だとしても、総勢十人ぐらいだろう。

やがて駿河屋へ着くと、彼は暖簾(のれん)の前を素通りして脇の路地から裏の家へと行った。

訪(おとな)うと、すぐに駒が出て来た。

「まあ、ようこそ。さ、お上がりになって下さい」

彼女が満面の笑みで迎え入れてくれた。赤ん坊は、店にいる女中任せにしているのだろう。

「ああ、ご家老の使いだが、こちらへ来てしまった」

「ええ、それで良いのですよ」

前に招かれた座敷へ通されたが、さすがに酒肴(しゅこう)はなく、彼女は火鉢の湯で茶を淹(い)れてくれた。

竹松は茶碗の入った包みを隅に置き、あとで喜兵衛に渡すよう伝えて茶をすすると、早くも股間が突っ張ってきてしまった。

すると駒も、彼の淫気を察したように目を輝かせ、

「奥へ行きましょうか」

襖を開けて奥の部屋に行った。たまに赤ん坊を寝かせつけるためか、すでに床が敷き延べられている。

竹松もためらわず奥へ入り、大小を置いた。

駒が帯を解きはじめ、ためらいなく脱ぎはじめたので彼も手早く全裸になり、甘い匂いの沁み付く布団に仰向けになった。

「まあ、なんてすごい張りよう……」

駒が屹立した一物を見て嘆息し、たちまち一糸まとわぬ姿になって迫った。

「ここに立って、足を顔に乗せてくれ」

彼が仰向けのまま言うと、駒は興味を覚えながらも、ためらいがちに顔の横に来た。

「そ、そんなことされたいのですか……」

「ああ、武家女には頼めないからな」

竹松は答えたが、武家女どころか姫君にさえしてもらったことである。

「こうですか？　いいのかしら、アア……」

駒は声を震わせながら、そろそろと足を浮かせて彼の顔に乗せた。

「ああ、変な気持ち……」

壁に手を突いて体を支えながら、駒はガクガクと足を震わせて言った。

竹松は足裏の感触を顔中で味わい、舌を這わせながら指の股に鼻を埋め込み、汗と脂に湿って蒸れた匂いを貪った。

嗅いでから爪先にしゃぶり付き、指の股に舌を割り込ませながら見上げると、

「アアッ……！」

喘ぐ駒の陰戸から大量の淫水が溢れ、ヌラヌラと内腿に伝い流れていた。

足を交代させ、そちらも味と匂いを堪能し尽くすと、彼は駒の足首を持って顔の左右に置き、手を引いてしゃがみ込ませた。

駒もそろそろとしゃがみ込み、白い内腿をムッチリと張り詰めさせながら、熟れた陰戸を鼻先に迫らせてきた。

竹松は豊満な腰を抱き寄せ、黒々と茂った恥毛に鼻を埋め、蒸れた汗とゆばりの匂いで鼻腔を満たし、舌を這わせていった。

淡い酸味のヌメリが満ちた割れ目内部を掻き回し、息づく膣口から大きめのオサネまで舐め上げていくと、

「あう、いい気持ち……」

駒がうっとりと呻き、新たな淫水を漏らしてきた。

彼は執拗にオサネを刺激し、尻の真下に潜り込み、枇杷の先のように突き出た蕾に鼻を埋めて生々しく蒸れた匂いを貪り、舌を這わせてヌルッと潜り込ませていった。

「く……」

駒が呻き、キュッと肛門で舌先を締め付けた。

竹松は滑らかな粘膜を探ってから、再び陰戸に戻ってヌメリをすすり、オサネに強く吸い付いていった。

「あうう、もう駄目。いきそう……」

駒が腰をくねらせて言い、自分からビクッと陰戸を引き離してしまった。

そして竹松の上を移動すると大股開きにさせた股間に腹這い、まずはふぐりに舌を這い回らせ、股間に熱い息を籠もらせながら、二つの睾丸を充分に転がしてきた。

袋を生温かな唾液にまみれさせると、ゆっくり肉棒の裏側を舐め上げ、先端まで来ると指で幹を支え、粘液の滲む鈴口をチロチロと舐め、張り詰めた亀頭にしゃぶり付いた。

そのままスッポリと喉の奥まで呑み込むと、

「アア……」

竹松は快感に喘ぎ、美女の口の中で幹を震わせた。

駒は深々と含むと、幹を締め付けて吸い、クチュクチュと念入りに舌をからませて彼自身を唾液に濡らした。

さらにスポスポと顔を上下させ、濡れた口で強烈な摩擦を開始すると、彼もズンズンと股間を突き上げて高まった。

「ンン……」

駒が熱く鼻を鳴らし、やがてスポンと口を離した。

「入れたいわ……」

「跨いで入れてくれ」

言うとすぐにも駒は身を起こして前進し、彼の股間に跨がってきた。

そして先端に濡れた陰戸を押し当て、位置を定めてゆっくり腰を沈み込ませていった。

たちまち彼自身は、肉襞の心地よい摩擦を受けながら、ヌルヌルッと根元まで呑み込まれ、ピッタリと股間が密着した。

「アアッ……、いい。奥まで届く……」

駒が顔を仰け反らせて喘ぎ、味わうようにキュッキュッときつく締め上げた。

竹松も温もりと感触を味わいながら、彼女を抱き寄せ、下からチュッと乳首に吸い付いた。

また生ぬるく薄甘い乳汁が滲んできたが、もう先日ほど出なくなっているようだ。そろそろ終わる時期なのだろう。

それでも執拗に吸い出しては喉を潤し、甘ったるい匂いで胸を満たした。

「ああ……、いい気持ち……」

駒が喘ぎながら、分泌を促すように自ら膨らみを揉みしだいた。

もう片方の乳首も含んで吸い、左右とも充分に味わうと、彼は腋の下にも鼻を埋め、湿った腋毛に籠もる濃厚に甘ったるい汗の匂いに噎せ返った。

我慢できなくなったように、駒が徐々に腰を動かしはじめた。

恥毛が擦れ合い、溢れる淫水が彼のふぐりまで生ぬるく濡らしてきた。

彼は駒の顔を引き寄せ、唇を重ねて舌をからめ、下からもズンズンと股間を突き上げていった。

「ンン……」

駒が熱く鼻を鳴らし、息で彼の鼻腔を湿らせながら、収縮と潤いを増していった。彼も次第に勢いを付けて突き上げを強めると、

「アア……。い、いきそうよ……」

彼女が口を離して喘いだ。開いた口から覗くお歯黒の歯並びが、艶めいて実に色っぽかった。

吐息は今日も金臭い成分の混じった花粉臭で、嗅ぐたびに悩ましく鼻腔が掻き回された。次第に互いの動きが一致し、ピチャクチャと淫らに湿った摩擦音が聞こえてきた。

竹松は彼女の顔を引き寄せ、喘ぐ口に鼻を擦りつけ、唾液と吐息の匂いの渦の中で絶頂を迫らせた。駒もヌラヌラと鼻に舌を這わせてくれ、たちまち彼は唾液のヌメリに昇り詰めてしまった。

「く……！」

大きな快感に呻きながら、熱い精汁を勢いよく注入すると、

「い、いく……。アアーッ……！」

駒も激しく声を上げ、ガクガクと狂おしい痙攣を開始し、完全に気を遣ったようだった。

彼は快感を噛み締めながら、心置きなく最後の一滴まで出し尽くしていった。

満足しながら突き上げを弱めていくと、

「ああ……、良かった……」

駒も声を洩らし、強ばりを解いてグッタリともたれかかってきた。

まだ膣内は名残惜(なごりお)しげな収縮を繰り返し、彼自身はヒクヒクと過敏に中で跳ね上がった。

そして竹松は重みと温もりを受け止め、熱くかぐわしい吐息で胸を満たしながら、うっとりと余韻を味わったのだった。

やがて重なったまま呼吸を整えると、駒がそろそろと身を起こした。

「裏へ行って洗いましょう」

言うので彼も起き上がり、互いに全裸のまま裏口から外へ出た。

そこは井戸端で、傍(かたわ)らの盥(たらい)には水が張られていた。

夏場は行水でもするのか、周囲には葦簀(よしず)が立て掛けられ、垣根の向こうを通る人からも見えなくなっている。

手桶(ておけ)で身体を流すと、また彼はすぐにもムクムクと回復してきてしまった。

竹松は簀の子に座り、目の前に駒を立たせた。

「どうするんです……？」

駒が言うので、竹松は彼女の片方の足を浮かせて井戸のふちに乗せ、開いた股間に顔を埋めた。

「ゆばりを……」

「まあ、出していいんですか……」

言うと駒は驚いたようだが、水を浴びて冷えたか、すぐにも尿意を催したようだ。竹松が湿った茂みに鼻を埋め、すっかり薄れた匂いを貪りながら舌を這わせると、すぐにも奥の柔肉が迫(せ)り出すように盛り上がり、味わいと温もりが変化してきた。

「あう、本当に出ますよ……」

駒が息を詰めて言うなり、チョロチョロと熱い流れがほとばしってきた。

彼は舌に受け、温もりと味に酔いしれながら喉を潤した。

勢いが付くと口から溢れた分が肌を伝い流れ、冷えた身体に温もりが心地よかった。

「アア……、こんなことするなんて……」

駒は放尿しながら声を震わせ、ようやく勢いが衰えてきた。

やがて流れが治まると、竹松は残り香の中で余りの雫をすすり、割れ目内部を舐め回した。

「も、もういけません。またしたくなったら動けなくなりますので……」

駒が腰を引いて言い、脚を下ろした。

二人でもう一度水を浴びて身体を拭き、部屋に戻ると駒が身繕いをした。

「また勃ってますね。お口でよろしければ」

「いや、いい。今日は忙しいのだ」

言われたが、竹松は何とか我慢して下帯を着け、着物と袴を整えた。

「そう、お殿様の江戸入りですものね」

「よく知っているな」

「ええ、うちの人が言ってましたので」

駒は髪を整えながら言い、竹松も脇差を帯び、大刀を持って立ち上がった。

「では、また寄せてもらう」

「はい、でも私どもは近々駿府へ帰ることになるかも」

駒が言い、腹を探り合うように互いに目を見つめ合った。

「そうなのか。まあ、いずれ喜兵衛を通じて報せがあろう」

「ええ、せめてもう一度ぐらいお目にかかりたいと存じます」

駒は艶然と言い、やがて見送られた竹松は家を出て、勃起を鎮めながら藩邸へと戻ったのだった。

五

「そろそろお越しになるだろう」

誰かが言い、若侍たちで大門を開き、もう一度掃除が行き届いているかどうか邸内や門前を見回った。

竹松も駿河屋から戻ると昼餉を済ませ、皆と一緒に新たに風呂を沸かしたり、庭や屋敷内の点検に余念がなかった。

やがて日が傾きかける頃、先陣が報せに到着した。

今日は千代も島田に結って簪を挿し、絢爛たる着物に身を包んでいる。

そして裃を着けた一同は整列して、間もなく入ってきた殿の乗物を恭しく出迎えた。

乗物から出てきた頼政は三十六歳。新右衛門の他にただ一人、竹松の正体を知る男である。

「お帰りなさいませ」

藩士一同が頭を下げて迎えると、頼政も端整な顔で皆を見回した。

「大儀である。いま戻った」

頼政は笑みを含んで言い、ふと、端にいる竹松に目を留めた。

「竹松、見違えるように立派になったな」

「は……」

言われて、竹松は恐縮して深々と頭を下げた。

末席の彼が主君から声を掛けられたため、周囲の若侍たちは驚いて身じろぎ、智之進も怪訝そうに視線を泳がせていた。

頼政は、新右衛門と奥方や千代に迎えられて中に入り、若侍たちは大門を閉めた。

そして荷を下ろして馬を厩（うまや）に引いて世話をし、千両箱は土蔵にしまい込んだ。

全ての藩士が邸内に入り、まずは頼政が入浴をし、供をしてきた藩士たちは順を待つ間部屋で休息した。

日が落ちて暮れ六つ（日没）の鐘が鳴る頃には、国許から来た藩士も全て入浴を済ませ、宴席の仕度も調って大広間に集まった。

正面に座した頼政が、あらためて気さくに挨拶をすると、あとはざっくばらんに酒宴が始まった。

朱里と茜も、他の女中たちに混じって甲斐甲斐しく酒肴を運び、竹松は酒を控えて僅かに料理を摘むだけにとどめた。

そっと様子を窺うと、もう一人、智之進も酒を控えがちである。

頼政は明日にも、千代を伴って登城し、旗本の息子との縁組の相談をするらしい。

父が不在の折は何かとごねていた千代も、いよいよ婿取りを承諾することになるだろう。

やがて宴もたけなわになると、程よいところで頼政と奥方や千代、新右衛門が気を利かせるように退出し、奥へ引っ込んでいった。

むろん藩士たちが大騒ぎすることはなく、江戸屋敷と国許で旧交を温めるものが、にこやかに語り合うばかりだった。

そして酒と料理があらかた片付くと、藩士たちはそれぞれ客間や侍長屋へと引き上げていった。

女中たちが後片付けをし、竹松は急いで湯殿で身体を流し、口を漱いでから自室に戻った。

そして新たな下帯を着け、着物と袴を着け、裾を脚絆で縛った。

藩邸も侍長屋も、いかに藩士たちの気持ちが比較的ゆるい藩でも、武士だからいつまでも遅くまで語っているものはいない。

まして国許から来た連中は疲れているし、すぐにも帰藩だから、みな明日のため早めに寝たことだろう。

竹松は、部屋の中で足袋を履き、行燈を消して、いつでも障子から庭に飛び出せる準備をしていた。

ここからは裏門も見渡すことが出来る。

彼の得意は徒手空拳術だから身に寸鉄も帯びず、棒も手裏剣も持たない。

やがて五つ（午後八時頃）の鐘が聞こえてきた。

もう女中たちも片付けと火の始末を全て終え、それぞれ各部屋に引き上げた頃であろう。

本当に今夜の襲撃かどうかは定かではないが、酒宴のあとというのは最も有り得るだろう。

智之進の役割は何だろうか。

侍長屋にいるのだから、邸内に忍び入って土蔵の鍵を奪うことは無理である。恐らく駿河屋の奉公人の中に、錠前を開ける術を持っているものがいるに違いない。

ならば智之進は盗賊を招き入れるため裏門の閂(かんぬき)を外し、土蔵に案内し、荷運びの手伝いをするぐらいだろう。

塀には忍び返しが備えられているため、飛び越えてくるより内から閂を外してもらうのが最も手間が省ける。

荷を運びだしたところで、智之進は殺(あや)められるだろうが、今の彼は外の天地へ飛び出したい欲求に突き動かされているようだ。

すでに朱里と茜も、準備万端に整えていることだろう。

雲が切れたか、月明かりが差しはじめた。

と、侍長屋から一人の影が出てきた。寝巻姿で黒手拭いのほっかむりをしているが、体型で智之進と知れる。そして腰に一振り、脇差だけは差しているではないか。

彼は今宵密かに盗賊の手助けをし、後日国許の連中が帰藩するとき、同行して途中で上手く姿をくらます算段らしい。

智之進は足音を忍ばせ、小走りに裏門へと行き、そっと閂を外した。

その微かな物音で、外に待機していたらしい盗賊たちがなだれ込んできた。

皆ほっかむりに黒装束、思った通り十人ばかりで、女はいないようだから駒は赤ん坊を連れ、どこかで高飛びの仕度をしているのだろう。

とにかく全員が邸内に入ったところを、一人も逃がさず一網打尽にするのが目的だ。

全て入ってきたようなので、竹松は障子を開けて庭へ飛び降りた。

連中は智之進の案内で、土蔵へ向かい、先頭は喜兵衛のようである。

手下の一人が懐中から鍵を出して土蔵の南京錠に屈み込んだ。

物陰で様子を見守っていると、難なく錠が開けられ、土蔵の戸が開かれた。

そして手下が千両箱を運び出すと、

「ああ、ここまでで用済みだ」

あとは逃げるばかりとなった喜兵衛が低く言い、智之進に匕首を突き出した。

「な、なぜ……」

世間知らずの智之進が目を見開いたところで、喜兵衛の手首に手裏剣が突き刺さった。

「ウッ……。だ、誰だ……！」

喜兵衛が呻いて見上げると、月を背景にした屋根の上に柿色の装束がいた。

朱里だ。竹松はその颯爽たる姿に惚れ惚れとしたが、その隙に智之進が脱兎のごとく逃げだし、竹松のいる方へ走ってきたのだ。

竹松が躍り出て通せんぼすると、

「く……、竹松か……」

智之進が呻いて脇差を引き抜き、両手で抱えながら体当たりしてきた。

その切っ先は、竹松の腹に深々と突き刺さった。

第六章　女体三昧の日々

一

「え……。こ、これは……？」

智之進は声を震わせ、異様な手応えに硬直した。

確かに竹松を刺したと思ったのに、彼が突き刺したのは松の幹だった。

いちはやく竹松は彼の背後に回り、その首を抱え込んで囁いた。

「いいか、お前は物音に驚いて飛び出しただけだ。閂を開けて盗賊の手助けはしていない。あとで喜兵衛がどう言おうと知らぬ存ぜぬで通せ」

暗示を掛けるように言って手を離すと、智之進は腰を抜かして座り込んだ。

竹松は、彼のほっかむりを取り去って懐中に入れ、脇差を幹から引き抜いて鞘に戻してやった。

その間、屋根から飛び降りた朱里は手刀と蹴りで盗賊たちを地に転がし、逃げようとするものを先回りした茜が裏門を遮って全員を閉じ込めた。

母娘とも柿色の装束に頭巾、その動きは里にいる頃と変わらず颯爽とし、連中は蹴りを受けて苦悶しながら次々と倒れていった。

竹松も乱闘に加わり、首根っこに手刀を叩き込み、股間を蹴り上げて悶絶させていった。

十人ばかりがあっという間に倒れると、あとはお願い、というように竹松に頷きかけた朱里と茜は、身を翻して邸内へと戻っていった。

さすがにこの頃になると、騒動に気づいた藩士たちも外に出て来た。

「こ、これは……。何としたこと……」

若侍たちが飛び出して騒然となった頃には、盗賊の全員が地に伏していた。

すると邸内から新右衛門も出てきた。

「竹松、どういうことか」

「土蔵破りです」

「なに、では誰か役人を呼びに行け！」

彼が答えると新右衛門が怒鳴り、藩士の二人ばかりが飛び出していった。

竹松が、かつて住んでいた納屋に入って縄の束を出してくると、若侍たちが盗賊を縛り付けはじめた。

そして全てのほっかむりを引き剝がすと、

「き、喜兵衛ではないか。お前はいったい……」

新右衛門が目を丸くして言い、駆け寄ったが、喜兵衛はふて腐れたように外方を向いている。

さらには頼政や、奥方や千代など女たちも庭の様子を見に出てきた。中には、寝巻姿に戻った朱里と茜の姿もある。

「竹松、お前一人で……？」

新右衛門が驚いて言ったが、竹松は母娘のことを皆の前で言うわけにもいかなかった。

「は、物音がしたので庭に出ると、土蔵が破られているところでした。矢田殿も来てくれましたが、何とか全て捕らえることが出来ました」

彼が言うと、さすがにその頃には智之進も身を起こし、まだ呆然と立ち尽くしていた。

「喜兵衛、何かと出入りしていたのは屋敷の様子を調べるためだったのか」

新右衛門が眉をひそめて問いかけたが、喜兵衛は黙って奥歯を嚙み、横を向くばかりだった。

間もなく役人が捕り方を従えて邸内に入り、余罪のありそうな喜兵衛たち一行を引き立たせた。

「盗られたものがないかお調べ下さい。あらためて明日参ります」

役人はそう言い、いったん罪人たちを引き連れて立ち去っていった。

藩士たちは手燭を出して照らし、土蔵の中を見ては、連中が散らかしていった千両箱を元に戻した。

逃げたものはいないので、被害もなく済んだのである。

元通り土蔵の扉を閉めて鍵を掛けると、

「ご苦労だった。みな無事で何より。今宵は遅いので休め」

頼政が言い、女たちと奥へ戻っていくと、藩士たちも裏門の戸締まりをしてそれぞれの部屋へと入っていった。

智之進がオドオドと竹松を見たので、

「大丈夫、任せておけ」

というふうに頷きかけると、皆と一緒に侍長屋へと戻っていった。

竹松は井戸端で手だけ洗い、懐中に入れた智之進の黒手拭いで手を拭きながら部屋に戻った。

寝巻に着替えると、そこへ朱里が入ってきたのだ。

「あ、お疲れ様でした」

竹松は言い、彼女を迎えた。

「いいえ、素破でもない破落戸相手ですから汗一つかきません」

朱里は座って答え、彼はムラムラと欲情してきた。何しろ昼前に、駒ともう一回出来るところを我慢して戻ってきたのである。

「喜兵衛も、単なる悪党だったようですね」

「ええ、ただ悪事を働いては土地を移り住む流れ者でしょう」

朱里は言いながら、あまりの手応えのなさに物足りないようだった。

「それにしても、朱里姉さんも茜も変わらぬ動きで感服」

「それで矢田智之進は？」

朱里が訊いてきた。

「ええ、言い含めたから、自分から余計なことは言わないでしょう。ただ喜兵衛が番屋でどう言うか」

「何も言わないでしょう。最初から殺めるつもりだったなど、罪を増やすだけですから」

「なるほど、ならば藩から咎人を出さずに良かったです。喜兵衛たちは……」

「余罪で人を殺めているかどうか、それにより獄門か、あるいは軽くても死罪というところでしょうね」

朱里が言う。では駒と赤ん坊は、明日にも喜兵衛の捕縛は知れ渡るだろうから、諦めてどこかへ流れていくのだろう。

「ね、少しだけいいですか」

「ええ……」

彼が言うと、淫気が伝わり合ったように朱里も頷いて寝巻を脱いだ。

久々に暴れ、彼女も興奮が高まっているのでここへ来たのだろう。

竹松は脱ぎ去り、一糸まとわぬ姿になった朱里を布団に仰向けにさせた。

まず足指に鼻を割り込ませて嗅ぐと、蒸れた匂いが感じられた。

やはり素破同士の戦いではなかったので、全身の匂いを消して臨んだわけではないようだった。

彼は嬉々として嗅ぎ、爪先にしゃぶり付いていった。

「アア……」

指の股を舐めて汗と脂の湿り気を味わうと、いつになく快楽を欲しているのか朱里が熱く喘ぎはじめた。

竹松は両足ともしゃぶり尽くし、脚の内側を舐め上げていった。

白くスラリとした脚は、屋根から跳躍するような力と技を秘めているとは思えないほど、しなやかで滑らかな舌触りだった。

ムッチリと張りのある内腿をたどって股間に迫ると、そこはすでにネットリと大量の淫水に潤っているではないか。

やはり素破は、戦いの時にこそ淫気を高めるものなのだろう。

茂みに鼻を埋めて擦りつけ、舌を割れ目に挿し入れながら嗅ぐと、蒸れた汗とゆばりの匂いが馥郁と籠もり、悩ましく鼻腔を刺激してきた。

溢れるヌメリは淡い酸味を含んで舌の動きを滑らかにさせ、彼はかつて茜が出てきた膣口の襞を掻き回し、オサネまで舐め上げていった。

「ああ、いい気持ち……」

朱里が喘ぎ、うっとりと身を投げ出しながら白い下腹をヒクヒクと波打たせはじめた。

竹松は執拗(しつよう)にオサネを刺激しては淫水をすすり、彼女の両脚を浮かせて尻の谷間に鼻を埋め込んだ。

蕾(つぼみ)に籠もる蒸れた匂いを嗅ぎながら顔中で双丘の弾力を味わい、舌を這わせてヌルッと潜り込ませた。

「く……」

朱里が呻(うめ)き、肛門で舌を締め付けながら、彼の鼻先にある割れ目から新たな淫水をトロトロと漏らしてきた。

竹松は充分に滑らかな粘膜を味わってから、脚を下ろして陰戸(ほと)に戻り、潤いをすすってオサネに吸い付いた。

「も、もういい……」

朱里が言って身を起こしてきた。今宵は性急に一つになることを求めているようだ。

股間を離れた彼が仰向けになると、朱里が先端に舌を這わせ、熱い息を籠もらせながら亀頭にしゃぶり付いてきた。

「ああ……」

今度は竹松が受け身になって喘ぐ番だ。

朱里はスッポリと呑み込んで吸い付き、舌をからめて唾液にまみれさせた。

そして何度かスポスポと摩擦すると、すぐ身を起こして跨(また)がり、上から一気に彼自身を膣口に受け入れていったのだった。

「アア……、いい……」

ヌルヌルッと根元まで受け入れると、股間を密着させた朱里が顔を仰(の)け反(ぞ)らせて喘いだ。

竹松も肉襞の摩擦と締め付け、温もりと潤いに包まれて高まった。

両手を伸ばして抱き寄せ、膝を立てて尻を支えると、朱里も身を重ねてきた。

彼は潜り込むようにして乳首を吸い、顔中に膨(ふく)らみを受け止めながら舌で転がした。

両の乳首を味わっている間にも膣内の収縮が増し、溢れた淫水が流れ出て彼の肛門の方まで生温かく濡らしてきた。

竹松は左右の乳首を貪(むさぼ)り尽くし、腋(わき)の下にも鼻を埋め込んで嗅ぎ、湿った腋毛に籠もる甘ったるい汗の匂いに酔いしれた。

そして下から唇を重ね、ネットリと舌をからめながら徐々にズンズンと股間を突き上げはじめると、

「ンン……」

　朱里が熱く呻き、合わせて腰を動かした。

　互いに股間をぶつけ合うように激しく動くと、クチュクチュと湿った摩擦音が聞こえ、

「アア……、いきそう……」

　朱里が唾液の糸を引いて口を離し、熱く喘いだ。

　湿り気ある吐息はいつもの白粉臭（おしろいしゅう）に、悩ましく鼻腔に引っかかる刺激がいつになく濃く感じられた。やはり暴れたあとで、口中が渇き気味になり匂いが強くなっているのかも知れない。

　竹松はうっとりと胸を満たしながら朱里の吐息を貪り、肉襞の摩擦と締め付けの中で急激に絶頂を迫らせていった。

「ああ、いく……。朱里姉さん……」

　とうとう彼は昇り詰めて口走り、大きな快感とともにありったけの熱い精汁をドクンドクンと勢いよくほとばしらせた。

「い、いい……。アアーッ……！」

　噴出を感じた朱里も声を上ずらせ、ガクガクと狂おしく気を遣（や）ってしまった。

収縮の増した膣内で幹を快感に震わせ、彼は心置きなく最後の一滴まで出し尽くしていった。そして徐々に突き上げを弱めていくと、

「ああ……」

朱里も満足げに声を洩らし、熟れ肌の強ばりを解きながらグッタリともたれかかってきた。

竹松は重みと温もりの中、息づく膣内でヒクヒクと幹を過敏に震わせ、悩ましい吐息を嗅ぎながら余韻に浸り込んでいったのだった。

二

「では、お気をつけて行ってらっしゃいませ」

朝餉が終わると、頼政と千代が登城することになり、新右衛門が言うと藩士一同も深々と頭を下げた。

そして二挺の乗物が藩邸を出ていくと、藩士たちは大門を閉め、ぞろぞろと各部屋へ戻っていった。

「ああ、矢田」

新右衛門が智之進を呼び止め、竹松も何かと足を止めた。

「明朝、供の藩士たちが国許へ戻るが、かねてより見聞したいと願い出があったので、そなたを国許との繋ぎを担う使番に就けると、殿からお許しが出たぞ。一緒に出立せい」

「え……。そ、それは……」

言われて驚き、智之進はその場に平伏した。

「あ、有難うございます」

「ああ、しっかり励んでくれ」

感激している智之進に言うと、新右衛門は屋敷に入っていった。

「すごいじゃないですか。大事なお役目ですね」

竹松が駆け寄って言うと、智之進も身を起こしながら彼に目を向けた。

「竹……、いや竹松殿。忝い……」

智之進が言う。喜兵衛らの、盗賊の手引きをしたことを黙っていてくれた礼だろう。

「私は何もしていませんよ」

「黙っていてくれたし、俺は竹松殿を刺そうとしたのに……」

「なあに、あの混乱の最中ですから、大したことじゃありません」

「済まぬ。心を入れ替えて精進する。では出立の仕度をするので」

智之進は頭を下げ、侍長屋へと戻っていった。

竹松も自室に入ろうとすると、そこへ一人の役人が訪ねて来たのだった。袴を着けた与力である。

彼が奥へ知らせると、新右衛門は役人を座敷に通し、竹松も同席させた。

そこへ、朱里が茶を運んできてすぐに去った。

「一晩中喜兵衛を責めましたところ、やはり今までにも何人か人を殺めていたようです」

実際に徹夜したらしく、目の下に隈を作った中年の与力が言った。

やはり用の済んだ智之進を簡単に殺めようとしただけあり、以前にも人を殺していたようだ。

「まず喜兵衛の獄門は間違いなく、それに手下の一人が錠前破りの名人で、それを死罪、残りは寄せ集めの破落戸なので遠島となりましょう」

「左様ですか」

新右衛門が答えた。

「駿河屋と裏の家はもぬけの殻。貯め込んだ金や骨董の類いは、どこか別の場所に移したか、あるいは別に仲間がいるのかどうか探索中です。ただ店の女中たちは、近在から何も知らずに呼ばれた者たちなので、昨日のうちに暇を出されていたようです」

「なるほど」

「お駒という女将と赤ん坊もいたはずなのですが、行方知れずなので、引き続き探します。まあ喜兵衛は金や骨董などの行方についてはとうとう口を割りませんでしたが、それはお駒と赤ん坊の今後のためかも知れませんな」

　役人は言って茶をすすり、竹松を見た。

「いち早く気づいて、大手柄だったようですな」

「いえ……」

　言われて竹松は小さく頷いた。

「怪我人が出なくてようございました。では私はこれにて」

　役人は辞儀をして立ち上がり、竹松が門まで送ってから彼は自室に戻ったのだった。

　昼まで休息をし、やがて昼餉を済ませると部屋に小春が入って来た。

「ゆうべはすごかったようですね。竹松さん一人で十人を」

小春が目をキラキラさせて言う。彼女はぐっすり眠っており、気づいたときには盗賊が引き立てられた頃だったらしい。

「そんな噂が立っているのかな。皆で力を合わせただけだよ」

「そうですか。それよりお殿様も帰ってきたし、お姫様の婚儀も間もなくでしょうね」

「ああ、小春もそろそろだろう」

「ええ、間もなくお暇を頂きますので」

「うん、じゃもう一度しておくかい？」

竹松が言うと、小春は笑窪の浮かぶ頬を染めて小さく頷いた。

昼餉の後片付けを終えたばかりなので、夕餉の仕度が始まるまではまだ間があるのだろう。

彼が手早く床を敷き延べて脱ぎはじめると、すぐに小春も帯を解いた。

たちまち互いに一糸まとわぬ姿になると、布団に横たわっていった。

竹松は彼女を仰向けにさせ、可憐な乳首に吸い付くと、舌で転がしながら甘ったるい体臭に酔いしれた。

もう片方も指で探ると、すぐにも小春の息が熱く弾み、クネクネと身悶えはじめた。

三

「アアッ……、いい気持ち……」

小春が左右の乳首を愛撫されて熱く喘ぎ、竹松は腋の下にも鼻を埋め込んでいった。和毛に籠もる濃厚に甘ったるい汗の匂いに噎せ返り、そのまま彼は肌を舐め下りていった。

臍をくすぐり下腹に顔を埋めて弾力を味わい、腰から脚を舌でたどった。

足裏にも舌を這わせ、縮こまった指の間にも鼻を押しつけて蒸れた匂いを貪り、しゃぶり付いて指の股の汗と脂の湿り気を味わった。

「アア……、くすぐったいわ……」

小春が腰をよじらせて言う。

もちろん町人の婿が、隅々まで愛撫するとは限らないが、そのあたりは彼女も承知し、上手く生娘のふりをすることだろう。

ただし期待が大きすぎて呆気なく終わる恐れの方が多いが、竹松は自身の欲望が抑えられないし、彼女もまた時をかけて夫婦になってゆくに違いない。

両足ともムレムレの匂いを嗅いで爪先をしゃぶり、彼は脚の内側を舐め上げて股間に迫っていった。

ぷっくりした割れ目からはみ出す花びらは、ヌラヌラと蜜汁に潤い、間から小粒のオサネが覗いていた。

若草の丘に鼻を埋め込み、すっかり馴染んだ汗とゆばりの蒸れた匂いを貪りながら、舌を割れ目に挿し入れていった。

ヌメリを掻き回し、息づく膣口からオサネまで舐め上げていくと、

「ああ……、いい……」

小春が顔を仰け反らせて喘ぎ、ムッチリと内腿で彼の顔を挟み付けた。

竹松は腰を抱え込んでチロチロとオサネを舐めては溢れる淫水をすすり、両脚を浮かせて尻の谷間にも鼻を埋め込んだ。

秘めやかに蒸れた匂いを嗅いで鼻腔を刺激され、舌を這わせて収縮する襞を濡らし、ヌルッと潜り込ませて滑らかな粘膜を探った。

「あう……」

小春が呻き、キュッと肛門で舌先をきつく締め付けた。

竹松は舌を出し入れさせるように蠢かせてから脚を下ろし、再び陰戸に戻ってヌメリをすすった。

「い、入れて……」

小春が腰をくねらせながらせがんできたので、彼も身を起こした。

「婿には、そんなこと言ってはいけないよ」

「ええ、分かってます。言うのは竹松さんだけ……」

「じゃ、入れる前に先っぽを濡らして」

竹松は答え、彼女の胸に跨がって股間を突き出した。

すると小春も顔を上げ、鼻先の先端に舌を這わせ、張り詰めた亀頭をスッポリと呑み込んで舌をからめた。

「ンン……」

小春が強く吸い付くたび熱い鼻息が恥毛をくすぐり、口の中ではクチュクチュと舌がからみつき、たちまち彼自身は生温かく清らかな唾液にどっぷりと浸り込んだ。

頃合いとみて、彼は一物を引き抜いて小春の股間に戻った。

やはり真っ昼間で、小春もいつ何か用を言いつけられるかも知れないので長く楽しむ余裕はない。

竹松は本手（正常位）で先端を陰戸に押し当て、ゆっくり挿入していった。

ヌルヌルッと滑らかに根元まで押し込むと、

「アア……」

すっかり痛みより快楽の方を多く感じているように、小春がうっとりと喘ぎ、キュッときつく締め付けてきた。

竹松も温もりと感触を味わいながら股間を密着させ、脚を伸ばして身を重ねていった。小春が下から両手を回してしがみつくと、彼の胸の下で乳房が押し潰れて心地よく弾んだ。

彼女の肩に腕を回して抱きすくめ、唇を重ねて舌を挿し入れると、

「ンンッ……」

小春は熱く鼻を鳴らし、彼の舌にチュッと強く吸い付いてきた。

竹松は舌をからめ、生温かな唾液に濡れて蠢く滑らかな舌を味わった。

そして徐々にズンズンと腰を突き動かしはじめると、

「ああ……、いい気持ち……」

小春が口を離して喘ぎ、下からも股間を突き上げてきた。

竹松は、熱く甘酸っぱい濃厚な吐息を嗅いで鼻腔を刺激され、うっとりと胸を満たした。

「いい匂い」

「本当……？」

思わず囁くと小春が小さく答え、羞じらいにキュッと締め付けが増した。

竹松も彼女の口に鼻を押し込んで執拗に湿り気ある果実臭を貪り、徐々に動きを強めていった。

大量のヌメリが動きを滑らかにさせ、ピチャクチャと摩擦音が響いた。

「い、いっちゃう……。アアーッ……！」

たちまち小春が声を上ずらせ、彼を乗せたままガクガクと狂おしく腰を跳ね上げて気を遣ってしまった。

まさに竹松が育て上げた女である。ついこの間までは無垢（むく）だった男が、こうして一人の娘を成長させたのだった。

その満足感に、続いて竹松も昇り詰め、大きな快感とともに熱い大量の精汁をドクンドクンと中に放った。

「あう、熱いわ……」

噴出を感じた小春が、駄目押しの快感に呻いて収縮を強め、彼も心ゆくまで快感を味わい、最後の一滴まで出し尽くしていった。

すっかり満足しながら動きを弱めてゆくと、

「ああ……」

小春も声を洩らし、グッタリと力を抜いて身を投げ出した。

まだ膣内が息づき、彼はヒクヒクと過敏に幹を震わせながら、甘酸っぱい吐息を嗅いでうっとりと余韻を味わったのだった。

四

「では、姫様のお部屋へ」

夜、朱里が竹松を迎えに来て言った。

日暮れ近くに二挺の乗物が戻り、一同は夕餉を済ませたのだった。

頼政は千代を伴って登城し、将軍綱吉(つなよし)に謁見(えっけん)し、旗本の息子との縁組の話をまとめて帰ってきたのである。

明朝に帰る国許の藩士は、同行する智之進とともに酒宴が催され、一方、江戸屋敷の藩士は昨日の今日だが、念のため庭の見回りに出向いた。

それも終わり、全ては各部屋に引き上げた頃合いである。

竹松は寝巻姿のまま、千代の寝所に行ったが、朱里は部屋の外に座し、彼だけ中に入った。

千代は昨日から島田に結っているので、また別人のような艶やかさがあった。

「縁組のお話は、いかが相成りましたか」

「色白で大人しそうな殿御とのことでした。武芸は得意ではなさそうだけれど、頭が切れるとの評判」

竹松が訊くと、千代は静かに答えた。表情からして、縁組を受け入れる気持ちになったようだ。

「左様ですか。藩の上に立つお方ですから、武辺者よりも、その方がよろしいかと存じます」

「ええ」

「ともあれお目出度うございます」

彼は答えた。

どうやら次の吉日には結納と相成るようだ。少々慌ただしいが、頼政もそれで安心して藩政に専念したいのだろう。

千代といい小春といい、この春は目出度いことが続くようだ。

あとは独り身の竹松である。

一人のままでも彼は一向に構わないのだが、いよいよ正式に士分に取り立てられる話を洩れ聞いているので、そうもゆかないだろう。

元より朱里は無理とし、やはり茜と一緒になるようなことは叶わないだろうから、相手はどこぞの武家か商家の娘となるに違いない。

いずれにせよ、それはまだ先のことだった。

「では、今宵も婿殿とは出来ぬようなことをして」

千代が言い、サラリと寝巻を脱ぎ去って一糸まとわぬ姿になった。

竹松も手早く全裸になると、すでに期待に一物はピンピンに屹立していた。

さすがに何度も肌を重ねると、気負いや畏れ多さも薄れ、婿取りまで残り少ない間に快楽を分かち合いたいと思った。

「朱里と三人も良かったが、やはり二人きりの方が胸が高鳴る」

千代が言う。やはり一対一の秘め事の方がときめくのだろう。

「どうかあのときのように、顔に足を」

竹松が布団に仰向けになって言うと、千代も身を起こしてためらいなく片方の足を浮かせ、顔に足裏を乗せてくれた。

正に婿殿には絶対に出来ぬことである。

今日は風呂を焚いておらず、千代も登城で緊張の連続だっただろうから、指の股はいつになく蒸れて濃い匂いを沁み付かせていた。

竹松は嗅ぎながら足裏に舌を這わせ、爪先にもしゃぶり付いて指の間に舌を割り込ませ、汗と脂を味わった。

「あう……」

千代が壁に手を突いて呻き、よろけそうになるたびキュッと踏みつけてきた。

足を交代させ、新鮮な味と匂いを貪り尽くすと、彼は顔の左右に千代の足を置いた。

「どうかしゃがんで下さいませ」

真下から言うと、千代はゆっくりしゃがみ込み、白い内腿をムッチリと張り詰めさせながら彼の鼻先に陰戸を迫らせてきた。

股間を見られる羞じらいが、最も薄いのが姫君である。

竹松は腰を引き寄せ、楚々とした茂みに鼻を埋め込んで嗅いだ。

やはり隅々には蒸れた汗の匂いが甘ったるく籠もり、それに残尿臭が混じって鼻腔を悩ましく刺激してきた。

身を清めていない姫の陰戸を舐められるのは、もうこの世で自分だけだろう。

彼はうっとりと鼻腔を満たしながら、割れ目内部に舌を挿し入れていった。

すると内側は熱い淫水にネットリと潤い、すぐにも舌の蠢きがヌラヌラと滑らかになった。

息づく膣口を探り、オサネまで舐め上げていくと、

「アアッ……」

千代は喘ぎ、思わずキュッと彼の顔に座り込んできた。

竹松はチロチロと舌先で弾くようにオサネを刺激しては、新たに垂れてくる生温かく淡い酸味のヌメリをすすった。

味と匂いを貪ってから、尻の真下に潜り込み、顔中で弾力ある双丘を受け止めながら、谷間の蕾に鼻を埋めて嗅いだ。

生々しい匂いが蒸れて籠もり、悩ましく鼻腔が掻き回された。

充分に嗅いでから舌を潜り込ませ、滑らかな粘膜を探ると、

「あう……」

千代が呻いて肛門を締め付けてきた。

竹松は執拗に粘膜を味わい、再び陰戸に戻って潤いを舐め取り、オサネに吸い付いた。

「も、もう……」

充分、というふうに千代が言うと、

「どうかゆばりを……」

彼は舌を這わせながらせがんだ。すると千代も息を詰め、下腹に力を入れて尿意を高めてくれた。羞じらいと躊躇(ためら)いのないのが少々物足りないが、姫様なのだから仕方がない。

舐めていると柔肉が蠢き、味わいと温もりが変わってきた。

「く……、出る……」

そして千代が言うなり、チョロチョロと熱い流れがほとばしってきた。

竹松は口に受け、夢中で喉に流し込んだ。姫の布団こそ、こぼして濡らすわけにいかない。それでも少しだけ勢いが付いたものの、あまり溜まっていなかったか、すぐに流れは治まってしまった。

彼は味も匂いも淡いゆばりを受け、咳き込まぬよう全て飲み干した。

そしてポタポタと滴る余りの雫をすすりながら、残り香の中で柔肉に舌を這い回らせた。

たちまち新たな淫水が溢れ、ゆばりの味わいより淡い酸味のヌメリが割れ目内部に満ちていった。

「あう、もう良い……」

千代が言って自分から股間を引き離した。そして移動して彼の股間に顔を寄せると、粘液の滲む鈴口にチロチロと舌を這わせてくれたのだ。

滑らかな舌の感触を味わいながら、彼はうっとりと仰向けのまま身を投げ出していた。

千代も張り詰めた亀頭をくわえ、モグモグと味わうように唇を動かしながら喉の奥まで呑み込んでいった。

「アア……」

竹松は快感に喘ぎ、姫の口の中でヒクヒクと幹を震わせた。

彼女も深々と含んで熱い息を股間に籠もらせ、幹を締め付けて吸いながら舌を蠢かせてくれた。

さらに顔を上下させ、スポスポと濡れた口で摩擦を開始したので、男を悦(よろこ)ばせる技も相当に身に付けたようだった。

彼もズンズンと股間を突き上げると、

「ンンッ……」

千代が小さく呻き、さらにたっぷりの唾液を出して肉棒を温かく濡らした。

やがて彼女は自分からチュパッと口を引き離すと、顔を上げて一物に跨がってきた。

先端に濡れた割れ目を押し当て、擦りつけながら位置を定めると、息を詰めてゆっくり腰を沈み込ませていった。

たちまち彼自身は、ヌルヌルッと滑らかな肉襞の摩擦を受けながら、熱く濡れた膣口に嵌(は)まり込んだ。

「アアッ……、いい……」

千代がぺたりと座り込み、顔を仰け反らせて喘いだ。

竹松も温もりと感触を味わい、うっとりと快感を噛み締めた。

彼女が密着した股間をグリグリ擦りつけながら、身を重ねてきたので、竹松も両手で抱き留め、膝を立てて尻を支えた。

彼は潜り込むようにして桜色の乳首を含み、舌で転がしながら指でもう片方も刺激した。

「あう。何と、心地よい……」

千代が締め付けを強めて呻き、クネクネと身悶えた。

竹松は左右の乳首を味わい、腋の下にも鼻を埋め、湿った和毛に籠もる甘ったるい汗の匂いで胸を満たした。

すると千代が自分から股間を擦りつけるように動かしはじめ、上からピッタリと唇を重ねてきた。

互いの恥毛が擦れ合い、コリコリする恥骨の膨らみも伝わった。

竹松は、密着する姫の唇の弾力と唾液の湿り気を味わい、動きに合わせて股間を突き上げはじめた。

溢れる淫水ですぐにも動きが滑らかになり、千代は舌をからめながら熱い息で彼の鼻腔を湿らせた。

「アア……、溶けてしまいそう……」

やがて口を離して千代が喘ぎ、彼は甘酸っぱい刺激の吐息に酔いしれながら突き上げを強めていった。

「どうか唾(つば)を……」

高まりながら言うと、千代も懸命に唾液を溜めて迫り、トロトロと白っぽく小泡の多い粘液を吐き出してくれた。竹松は舌に受けて味わい、うっとりと喉を潤すと、

「強く唾を吐きかけて下さい……」

彼はさらにせがんだ。姫君が、決して他の誰にもしないことを、自分だけにしてもらえるのだ。

千代も再び唾液を溜めると、形良い唇をすぼめて迫り、ペッと強く吐きかけてくれた。生温かな唾液の固まりが鼻筋を濡らし、頬の丸みをトロリと伝い流れ、淡い匂いが漂った。

「ああ、姫様……」

竹松は喘ぎ、姫の果実臭の息を嗅ぎながら、締め付けと摩擦の中で絶頂を迫らせていった。

すると、千代の方が先に気を遣ってしまったのだった。

「い、いく……。アアーッ……!」

彼女が声を上ずらせ、最大限の収縮の中でガクガクと痙攣(けいれん)した。

同時に竹松も大きな絶頂の快感に全身を貫かれ、

「く……！」

呻きながら、ありったけの熱い精汁をドクンドクンと勢いよく中にほとばしらせてしまった。

「あう、感じる……」

噴出でさらなる快感を得た千代が呻き、きつく締め上げてきた。

竹松は股間を突き上げて快感を嚙み締め、心置きなく最後の一滴まで出し尽くしていった。そして満足しながら突き上げを弱めていくと、

「ああ……」

千代も声を洩らして硬直を解き、グッタリともたれかかってきた。

まだ膣内が収縮を繰り返し、射精直後で過敏になった一物が中でヒクヒクと跳ね上がった。

「あう、もう堪忍……」

千代も敏感になっているように言い、熱い息を弾ませた。

竹松は完全に動きを止めて姫の重みと温もりを受け止め、熱く甘酸っぱい吐息を嗅いで胸を満たしながら、うっとりと余韻を味わったのだった。

重なったまま熱い息遣い(いきづか)を混じらせていたが、ようやく千代が身を起こそうとすると、

「失礼いたします」

声がかかって朱里が入ってきた。そして彼の股間に懐紙(かいし)を置くと、仰向けにさせた千代の陰戸を丁寧に拭った。

竹松は自分で拭いて身を起こし、手早く寝巻を着込んだ。

「もう下がってよろしいです」

朱里に言われた竹松は平伏し、

「は、ではこれにて、おやすみなさいませ」

言うと静かに寝所を出て、真っ直ぐ自分の部屋へと戻ったのだった。

五

「では参ります。皆様もどうかお達者で」

国許へ帰る藩士たちが言い、二騎の馬を引いて門を出ていった。一同が見送ると、同行する智之進が竹松に向かって頭を下げた。

連中はほぼ同格だから、年長から順に馬に乗るのだろう。

一行が去ると、急に邸内は静かになった。

頼政は今日も登城し、千代の相手である旗本と婚儀の打ち合わせをしているのだろう。

竹松は、やはり駒と赤ん坊のことが気になっていた。

そこで、新右衛門に言い、駿河屋がどうなったか見てきたいと申し出て許しを得た。

「茜を同行させてやれ。役人は、駿河屋はもぬけの殻と言うが、素破の目で見れば何か手がかりが見つかるかも知れん」

新右衛門に言われ、竹松は茜とともに藩邸を出た。

「ご家老は、売った骨董が気になるのでしょうね」

「ああ、急に惜しくなったんだろう」

茜が言い、彼も苦笑して答えた。

やがて駿河屋に着くと、戸が閉められ、貸家の貼り紙がしてあった。窓の隙間から様子を見たが、やはり何もかも運び出されたあとのようだ。

脇の路地から裏の家へ行くと、そこは施錠されていなかった。

竹松は茜と一緒に上がり込んでみたが、やはり家財道具も何もかもなくなっていた。

すでに役人が調べ尽くしたのだろう。恐らく天井裏から、畳を剝がして床下まで全て見聞したが、隠し財産のようなものはなかったようだ。元々借家だから、拠点があるとすればどこか別の場所に違いない。

これでは、素破から見ても大した手がかりなど見つけようもなかった。

それより竹松は、茜に急激な淫気を催してしまった。

「ここでしようか。どうせ誰も来ないだろう」

彼は言い、大小を置いて袴の前紐(まえひも)を解きはじめた。仮に誰か来るようなことがあっても、互いに素破だから、急いで押し入れに隠れて身繕(みづくろ)うことも出来るだろう。

すると茜も手早く着物を脱ぎ去り、畳に敷くと、その上に全裸で身を投げ出してきた。彼女も、藩邸とは違う場所に興奮を覚えたのかも知れない。

全て脱ぎ去った竹松はのしかかり、茜の乳首にチュッと吸い付いて、顔中を膨らみに押しつけて舌で転がした。

艶やかな駒と情交した部屋で、可憐な茜とするのも感慨深いものがあった。

両の乳首を含んで舐め回し、腋の下にも鼻を埋め、和毛に籠もった甘ったるい汗の匂いを貪り、滑らかな肌を舐め下りていった。

腰の丸みから脚を舌でたどり、足裏を舐めて指の間に鼻を割り込ませて嗅ぐと今日もそこは汗と脂に湿り、蒸れた匂いが濃く沁み付いていた。

竹松は悩ましい匂いで鼻腔を刺激されながら、爪先にしゃぶり付いて順々に指の股に舌を潜り込ませて味わった。

「あう……」

茜がビクリと反応して呻き、彼は両足とも味と匂いを貪り尽くしてしまった。

そしてうつ伏せにさせ、脚の裏側から尻、腰から背中を舐めると淡い汗の味が感じられた。

肩まで行って髪の匂いを嗅ぎ、耳の裏側も嗅いで舐め、うなじから再び背中を舐め下りた。尻に戻って指で谷間を広げ、可憐な薄桃色の蕾に鼻を埋めると、顔中に双丘が密着して弾んだ。

蕾に籠もる蒸れた匂いを貪り、舌を這わせてヌルッと潜り込ませて滑らかな粘膜を探った。

「く……」

茜が顔を伏せて呻き、キュッときつく肛門で舌先を締め付けた。

竹松は舌を蠢かせてから顔を上げ、再び茜を仰向けにさせた。

片方の脚をくぐって股間に顔を寄せ、ムッチリした内腿を舐め上げて見ると、すでに陰戸は熱く潤っていた。恥毛の丘に鼻を埋めて嗅ぐと、蒸れた汗とゆばりの匂いが悩ましく鼻腔を掻き回してきた。

舌を這わせて潜り込ませ、息づく膣口の襞をクチュクチュ掻き回し、ゆっくり味わいながらオサネまで舐め上げていくと、

「アアッ……、いい……」

茜が顔を仰け反らせて喘ぎ、内腿できつく彼の両頬を挟み付けた。

竹松はチロチロと弾くようにオサネを舐め回し、溢れる淫水をすすった。

「い、いきそう……」

茜も急激に高まったように口走り、身を起こしてきた。

竹松が這い出して仰向けになると、彼女も移動して股間に顔を寄せた。

先に彼の両脚を浮かせ、厭(いと)わず尻の谷間を舐め回しはじめた。

熱い鼻息がふぐりをくすぐり、ヌルッと舌が潜り込むと、

「あう……」

竹松は妖しい快感に呻き、肛門で茜の舌先を締め付けた。

彼女も中で舌を蠢かせてから脚を下ろし、ふぐりにしゃぶり付いて睾丸を転がした。そして身を進ませ、肉棒の裏側をゆっくりと舐め上げ、粘液が滲みはじめている鈴口を滑らかに舐め回してくれた。

張り詰めた亀頭を含み、スッポリと喉の奥まで呑み込むと、

「ああ、気持ちいい……」

竹松はうっとりと喘ぎ、茜の口の中でヒクヒクと幹を震わせた。

彼女も幹を締め付けて吸い、熱い鼻息で恥毛をくすぐりながら、口の中でクチュクチュと念入りに舌をからめた。

そして何度かスポスポと摩擦してから、充分に唾液に濡らすとスポンと口を離して顔を上げ、前進して跨がってきたのだ。濡れた陰戸を先端に押しつけ、ゆっくり腰を沈ませると、ヌルヌルッと滑らかに膣口に受け入れていった。

「アアッ……！」

股間を密着させると、茜が熱く喘ぎ、味わうようにキュッキュッと締め付けてきた。そして身を重ね、上からピッタリと唇を重ねながら、徐々に腰を動かしはじめた。

竹松も舌をからめ、茜の生温かな唾液と滑らかな舌の感触を味わいながら、両手でしがみついた。ズンズンと股間を突き上げると、すぐにも互いの動きが一致し、クチュクチュと湿った音が響いてきた。

「アア、いきそう……」

茜が口を離して喘ぎ、竹松も彼女の甘酸っぱい濃厚な吐息で鼻腔を刺激されながら、急激に絶頂を迫らせていった。

溢れる淫水が互いの股間を熱く濡らし、収縮が高まってきた。

「い、いく……！」

たちまち竹松は昇り詰め、大きな快感に口走りながら、ドクンドクンと熱い大量の精汁を勢いよくほとばしらせてしまった。

「あ、熱い……。アアーッ……！」

噴出を感じた茜も声を上ずらせ、激しく気を遣ったようだ。

ガクガクと狂おしい痙攣を繰り返す茜にしがみつき、彼は心置きなく最後の一滴まで出し尽くしていった。

満足しながら突き上げを弱めていくと、

「ああ……」

茜も声を洩らし、強ばりを解きながらグッタリともたれかかってきた。

まだ膣内が息づき、中でヒクヒクと幹が過敏に跳ね上がった。

竹松は、茜の重みと温もりを受け止め、果実臭の吐息で胸をいっぱいに満たしながら、うっとりと快感の余韻を味わったのだった……。


――身繕いをして家を出ると、二人は藩邸に向かいながら堀端を歩いた。

片側は武家屋敷の塀が連なっている。梅の蕾も膨らんでいるが、まだ風は冷たいので通る人はなかった。

「私はそろそろ昼餉の仕度を手伝わないと」

「そうか、私はもう少しそこらを歩いてから帰るよ」

「ではお先に」

茜は言い、先に進みはじめ、竹松はノンビリと堀端を歩いた。

そのとき、後ろの方から声がかかった。

「筑波様」

「え……？」

驚いて振り返ると、何と赤ん坊を抱えた駒が、こちらに向かって駆けてくるではないか。

「どこにいたんだ。そんなに走ると危ないぞ」

竹松が言って駆け寄ろうとすると、

「あッ……！」

言っているそばから駒が声を上げ、石につまずいてつんのめった。手から離れた赤ん坊が宙を舞い、竹松は何とか受け止めることが出来た。

その瞬間、胸に熱いものを感じた。見ると、転んだかに思えた駒が近々と迫り、彼の胸に深々と匕首を突き立てていたではないか。

「甘い」

駒は言い、きつい眼差しで竹松を睨みながら赤ん坊を受け取った。

「お前のせいで夢が潰えた。また一からやり直しだ」

言うなりペッと彼の顔に唾を吐きかけた。竹松は味わう余裕もなく、力が抜けてそのまま仰向けに倒れた。

（や、優しさは命取りか。確か朱里姉さんが言っていた……）

竹松は、どこまでも蒼い江戸の空を見上げて思った。

「竹さん……！」

すると、先を行っていた茜が気づいたか、叫んで駆け寄ってきた。

それを見た駒は踵を返し、赤ん坊を抱えたまま素早く逃げはじめ、しかも塀に飛び上がり、向こう側へと姿を消したのである。

追うのを諦めた茜が、

「やはり素破……。あの女が盗賊団の首領だったか……」

言うなり、竹松に屈み込んだ。

「しっかり！」

「も、もう駄目なようだ。茜、とどめを……」

血泡を滲ませながら言うと、茜も手遅れと悟ったようだ。彼女が、竹松の胸に突き立ったままの匕首を引き抜くと、新たな熱い血が溢れた。

「竹さん……」

茜が彼を見下ろして言い、切っ先を喉元に突き付けた。

ああ、やってくれ、というふうに頷きかけると、茜も両手を柄頭に当て、悲痛な眼差しで一気に突き立ててくれた。

あの世で、市助に会えるだろうか。

竹松は思い、やがて全ての感覚が消え失せていった……。

コスミック・時代文庫

あかね淫法帖（いんぼうちょう）
片恋の果てに

2023年1月25日　初版発行

【著 者】
睦月影郎（むつきかげろう）

【発行者】
相澤　晃

【発 行】
株式会社コスミック出版
〒154-0002 東京都世田谷区下馬 6-15-4
代表　TEL.03(5432)7081
営業　TEL.03(5432)7084
FAX.03(5432)7088
編集　TEL.03(5432)7086
FAX.03(5432)7090

【ホームページ】
http://www.cosmicpub.com/

【振替口座】
00110-8-611382

【印刷／製本】
中央精版印刷株式会社

乱丁・落丁本は、小社へ直接お送り下さい。郵送料小社負担にて
お取り替え致します。定価はカバーに表示してあります。

ISBN978-4-7747-6447-4 C0193